LINE 3

초판 1쇄 인쇄일 2014년 4월 28일 **∣ 초판 1쇄 발행일** 2014년 4월 29일

지은이 안민현 **∣ 펴낸이** 곽중열 **∣ 담당편집 팀장** 이범수
편집부 신연제 이윤아 김호성 김은경

펴낸곳 (주)조은세상 **∣** 출판등록 제 2002-23호
주소 경기도 고양시 일산동구 장항동 558번지 6호
TEL 편집부 02)587-2966 영업부 031)906-0890 **∣** FAX 031)903-9513
e-mail bukdu@comics21c.co.kr

ⓒ안민현 2014
ISBN 979-11-5512-371-3 **∣** ISBN 979-11-5512-368-3(set) **∣** 값 8,000원

LUNE

③

안민현 퓨전 판타지 장편소설

NEO FUSION FANTASY STORY & ADVENTURE

북두
도 은 생사

NEO FUSION FANTASY STORY & ADVANTURE

LINE

NEO FUSION FANTASY STORY & ADVANTURE

제1장

계기

제 1 장
계기

"브농 후작님께서는 은밀히 애틀란으로 향하셨습니다."

데카부네가 말했다. 데이미안이 서류를 검토하다가 고개를 살짝 들어 데카부네를 보았다.

"우리의 말에 수긍을 하시던가?"

"반신반의 하는 거 같았습니다. 아무래도 자기 자식을 의심하는 일이니 어느 한쪽으로 결론을 내리기 어렵겠죠."

"아무리 총명한 사람이라도 핏줄과 관련된 일에는 판단이 흐려지기 마련이지. 그래도 애틀란으로 떠났다는 건 최소한 그 지역이 어이없게 뚫리는 일은 없어 졌다는 뜻이겠군."

데이미안이 검토하던 서류를 내려 놓더니 데카부네 쪽으로 다가왔다.

"앉게."

데이미안이 집무실 중앙에 놓인 테이블에 앉자 데카부네가 뒤이어 앉았다.

"헤지스 백작의 병력동향을 파악해본 결과 불순한 의도가 포착되었습니다. 뿐만 아니라 롱바텀 백작을 비롯해 다른 몇몇의 곳에서도 그러한 움직임이 파악되었습니다."

"흐음…."

데이미안이 낮게 신음했다.

"믿을 만한 영주들에게 연통을 하게. 불란의 여지가 보일 시 바로 군사를 움직일 수 있도록 말이야."

"그렇지 않아도 몇몇을 추려 도움을 요청했습니다."

"만약 군사를 내어준다면 분란을 일으킨 영지는 그들에게 돌아갈 것이라고 하게."

"알겠습니다."

데이미안이 자리에서 일어나 미노타우르스의 머리를 잠시간 지켜보았다.

"신기하지 않나. 우리는 이번 일에 대비하기 위해 매일 머리를 맞댔네. 허나 일의 실마리는 엉뚱하게도 다른 이의 입을 통해서 나왔지."

"때론 멀리서 지켜보는 제 3자의 시선에서만 보이는 것들이 있습니다. 그래서 곁에 여러 종류의 사람이 있어야 하는 것이고요."

"자네는 항상 내 무능력에 대해서는 이야기 하지 않는 군."

"왕자님께서는 무능력하지 않으시니까요."

데이미안이 데카부네를 물끄러미 보더니 이내 씨익 하고 웃었다.

"이번 일을 마무리하고 국왕전하에게 그 친구의 공을 알릴 것이네."

그 말에 데카부네가 조금 의외라는 듯 데이미안을 바라보았다.

"왜 그렇게 보나?"

"의외군요. 저는 왕자님께서 그자를 내켜하지 않은 줄 알았는데요."

"공과 사는 엄연히 구분되어야 하니까."

데이미안은 다시 서류로 시선을 돌렸다.

그것이 의미하는 바를 알기에 데카부네는 고개를 조아린 뒤 집무실을 나갔다.

❖

"쉬, 조용조용. 조금이라도 허튼짓을 했다가는 그대로

목젖에 구멍이 뚫릴 거야."

룬이 낮게 속삭였다. 기사의 얼굴에 두려운 빛이 떠올랐다.

룬은 기사의 투구를 벗긴 다음 검지로 뒷목을 건드렸다. 기사의 얼굴이 경악으로 물들더니 그대로 굳어져 버렸다.

"이제부터는 움직일 수도 말을 할 수도 없을 거야. 하지만 걱정할 건 없어. 내가 하자는 대로만 해주면 무사히 돌려보내 줄 테니까. 내가 하는 말이 맞으면 눈을 한번, 아니면 두 번 깜빡이도록 해."

룬은 자신이 생각해 오던 것들을 질문하기 시작했다. 본인의 이름과 동행했던 기사의 이름. 이곳에 모인 기사들의 전력. 그리고 그들이 왜 이곳에 왔는지.

룬에 질문에 기사는 아예 눈을 감는 것으로 대답을 회피했다.

"허튼 생각은 하지 않는 게 좋을 거야. 내가 사부한테 좋은 걸 배웠거든. 본브레이크이라는 건데 손놀림 몇 번이면 뼈가 으스러지는 고통을 맛보게 되는 무서운 기술이지."

룬은 기사의 갑옷을 벗긴 다음 척수부근을 손으로 찔러넣었다. 기사는 온몸의 뼈가 으스러지는 끔찍한 경험을 해야했다. 그 뒤부터는 일사천리였다.

본브레이크의 고통은 룬도 익히 알고 있었다. 그 고통을 견딜 수 있는 사람은 존재하지 않았다. 만약 그러한 사람이 있다면 그는 이미 인간이 아닐 것이다.

시간이 촉박한 관계로 모든 걸 알아 낼 수 없었다. 하지만 이자의 이름이 폰트라는 것과 동행한 기사의 이름이 민쉔이라는 것. 그리고 제국의 기사들이 아카데미생들을 모두 죽이기 위해 이곳에 왔다는 것은 알 수 있었다.

룬은 기사가 입고 있던 갑옷을 모두 벗겼다. 그다음 손등으로 뒷목을 강하게 내리쳤다. 무릎을 꿇고 있던 기사가 그대로 바닥에 꼬꾸라졌다.

"흐음."

룬은 어떻게 해야 하는 지 고민했다. 아무리 이전보다 뛰어난 경지에 들어섰다 하더라도 저 많은 기사들을 상대할 수는 없었다.

하지만 제 한몸을 간수하는 것 정도라면 얘기는 달랐다. 지금 여기서 산을 내려간다면 아마 저들은 몇 분 후에야 그 사실을 눈치 챌 것이고 그때면 이미 저 멀리 사라진 후일 것이다.

"하지만……."

도망가면 모든 게 해결됨에도 룬은 망설였다. 제이드… 그리고 신디아와 에일리아. 그들을 남겨두고 가는 것이 마음에 걸렸다.

"인연이 생긴다는 건 골치 아픈 일이군."

룬은 쓰러진 기사의 옷을 주섬주섬 입었다. 결국 좀 더 위험한 쪽으로 결심을 하였다.

❖

"폰트, 왜 이렇게 늦었나?"

민쉔이 말했다.

"죄송합니다, 민쉔님."

말과 달리 폰트는 느릿하게 걸어오고 있었다. 그 옆에는 룬이 있었는데 아버지와 아들마냥 손을 잡고 있었다. 룬의 걸음걸이는 꼭 뒤를 닦지 않은 사람처럼 어정쩡했다. 어떻게 보면 줄을 매단 인형처럼 어색해 보이기도 했다.

마침내 폰트와 룬이 민쉔의 앞에 섰다. 민쉔이 폰트와 룬을 번갈아가면서 보았다.

"이 친구는 왜 이러나?"

"뭐가 말씀이십니까?"

폰트가 사절단이 있는 곳과 등을 지며 대답했다.

"얼굴이 창백해져서는 꼭 인형극에 나오는 인형같이 변했지 않나."

"글쎄요. 제 눈에는 별로 이상해 보이지 않는데요."

"그래?"

하며 민쉔이 룬을 집중하여 보았다. 룬은 정신이 나간사 람처럼 동공이 풀린 채 허공을 바라보고 있었다. 눈앞에 손을 저어도 눈 하나 깜빡이지 않았다.

민쉔이 다시 폰트를 보았다.

"그냥 이상한 정도가 아닌데? 한 번 살펴봐야겠어."

민쉔이 룬의 팔을 잡았다. 그러나 민쉔의 손길은 룬을 지나쳐 허공을 갈랐다. 민쉔은 그제야 룬의 모습이 허상마 법임을 눈치 챘다.

하지만 그 사실을 알았을 때는 이미 너무 늦은 후였다. 어느새 뱃속에 차디찬 단검 하나가 갑옷을 뚫고 배를 관통 해 있었다.

커억! 민쉔의 입에서 간헐적인 신음과 선혈이 흘러나왔 다.

"도, 도와……."

민쉔이 무언가 말을 하려 했지만 폰트로 변장한 룬이 입 을 틀어막았다. 룬은 민쉔의 입을 막은 채 아래로 힘을 주 었다. 민쉔의 신형이 무너지며 한쪽 무릎이 바닥에 닿았다.

"거기 무슨 일 있어?"

사절단쪽에서 누군가가 소리쳤다.

룬이 뒤를 돌아봤다.

"아무 일도 아닙니다. 민쉔님께서 머리가 어지러우시다 고 하십니다. 별일 아닙니다."

룬이 다시 고개를 돌린 다음 민쉔의 눈높이에 맞게 앉았다.

"머리가 어지러운데 이렇게 갑갑한 투구를 쓰고 있으면 안 돼지."

룬은 민쉔의 투구를 벗겼다. 민쉔의 눈동자가 이리저리 굴러다녔다. 무언가 필사적으로 말을 하려는 듯 입을 틀어막은 폰트의 손에서 꿈틀거리는 느낌이 전해졌다.

룬은 한손으로 민쉔의 입을 틀어막은 채 다른손으로 그의 뒷목을 눌렀다. 민쉔은 룬의 손을 타고 무언가가 몸속으로 침투해 오는 것을 느꼈다. 그것이 무엇인지는 모르나 뱀의 독처럼 온몸이 굳어 갔다.

"걱정하지 말라고. 몇 시간 정도면 다시 원상태로 돌아올 테니까. 하지만 그 전까지는 손가락 하나 까닥할 수 없을 테니 그냥 마음 편히 있으라고."

말을 하며 룬이 자리에서 일어났다. 그리고 천천히 사절단쪽으로 걸어갔다.

"민쉔님은 어쩌고 혼자 오는 거야?"

제국의 기사 한명이 룬을 불러세웠다.

"움직이기조차 힘드시다고 합니다."

기사가 고개를 빠끔히 내밀어 민쉔이 있는 곳을 보았다. 한쪽무릎을 바닥에 꿇을 채 고개를 푹 숙이고 있는 것이 한눈에 봐도 좋지 않아 보였다.

그의 옆에는 룬이 마치 서 있었는데, 석상처럼 조금의 미동도 없었다.

　"저 아이는 왜 저러고 있는 거야? 올 때 데리고 왔어야지."

　"민쉔님께서 데리고 온다고 하시기에 두고 왔습니다."

　"그래? 상태도 안 좋아 보이시는 데 위험한 일이 생기면 어쩌려고?"

　"저들은 아직 우리의 계획을 모릅니다. 그러니 위험하고 말고 할 것도 없죠."

　"하긴…… 그러니 저렇게 아무런 의심도 없이 범의 아가리속으로 들어올 수 있겠지."

　"그보다 공주님에게 전할 말이 있으니 이만 가보겠습니다."

　"공주님에게? 무슨 일이지?"

　"나중에 말씀드리겠습니다."

　하면서 룬은 그 기사를 지나쳐갔다.

　기사는 폰트의 음성을 들으며 고개를 갸웃거렸다. 언제부터 저놈 목소리가 저렇게 미성이었지? 하는 의문이 들었다.

　사절단이 있는 부근에는 마나블록이 형성되어 있었다. 룬이 시전한 음성변조 마법은 이곳에서는 효력을 잃고 말았다. 그래서 룬의 육성이 그대로 들렸으니 기사가 의아해하는 것은 당연한 것이었다.

"잠깐."

기사가 폰트로 변장한 룬을 불러 세웠다.

"왜 그러십니까?"

룬이 고개만 돌려 기사를 보았다.

"네놈 목소리가 좀 이상한데. 그러고보니 갑옷을 입은 모습이나 걸음걸이도 평소와는 다른 것 같군."

투구사이로 비친 기사의 눈이 예의주시하게 빛났다.

"투구를 벗어보게. 얼굴을 확인해 봐야겠어."

"꼭 그렇게까지 하셔야겠습니까?"

룬이 어이가 없는 투로 말했다.

하지만 기사는 진지한 채 고개를 끄덕였다.

룬은 한참을 머뭇거리다 이내 투구에 손을 가져갔다. 투구가 룬의 얼굴을 타고 올라가 막 입술이 보였다. 그때 어디선가 병장기 부딪치는 소리가 들려왔고 검 하나가 기사의 곁으로 날아왔다.

아카데미쪽에서 싸움이 벌어진 것이었다. 격전을 치루고 난 뒤에 내부적으로 분쟁이 생기는 것은 흔한 현상이었다.

기사는 신경을 껐다. 속으로 어차피 조금 있으면 신물나게 싸울 텐데 미리 힘을 빼는 군, 하는 생각을 하며 다시 룬에게 고개를 돌렸다.

그런데 옆에 있어야 할 룬의 모습이 보이지 않았다. 좌,

우를 살피던 그는 공주가 있는 곳을 바라보았다. 이곳에서 공주가 있는 곳까지는 5m정도는 되었다.

무거운 갑옷을 입고 잠시 한 눈을 판 사이에 도달할 만큼 짧은 거리가 아니었다. 하지만 룬의 신형은 어느새 공주의 곁에 다가가고 있었다.

"저놈을 잡아."

기사가 다급하게 소리쳤다. 이유를 몰라 어리둥절해 하던 다른 기사들이 뭔가 눈치를 채고 룬을 저지하려 했다.

하지만 룬이 한 발 빨랐다. 마침 답답하다며 기사들 무리밖으로 나온 공주의 목에 단도가 놓여 있었다.

"멈추는 게 좋을 겁니다. 그렇지 않다면 당신들의 공주 님에게 무슨 일이 생길지 장담할 수 없습니다."

룬의 협박이 통한 것인지 다들 주춤 거리며 감히 나서지 못했다.

애슐리는 갑작스레 조여 오는 단검에 아연실색하면서도 기사의 목소리가 어딘지 낯설지 않게 느껴졌다.

"당신은 설마……."

룬이 고개를 돌려 애슐리를 응시했다. 애슐리는 투구 때문에 그의 얼굴이 보이지는 않지만 눈빛에서 익숙한 느낌을 받았다.

"당신이 대체 왜……."

"저도 이러고 싶지는 않지만 상황이 이렇게 만든 걸 어쩌겠습니까."

하면서 룬은 더 이상 애슐리 공주와 말을 섞지 않을 의도로 그녀의 혈을 짚었다. 룬의 입장에서 애슐리 공주는 적이 아니었다.

사실 성격이 고약해서 그렇지 자신에게 제법 살갑게 대해준 걸 알고 있었다. 그래서 이렇게 인질로 잡는 것에 마음이 무거웠다.

"이곳을 지휘하고 있는 자가 있으면 내 앞으로 오시오."

그러자 기사중에 한 명이 룬의 앞으로 다가왔다.

"내가 이곳의 지휘를 맡고 있는 메라헨센이다."

메라헨센은 표면상 이곳에서 가장 직급이 높고 강한 자였다.

하지만 룬은 고개를 내저었다.

"내가 당신의 상관이라면 당신보다는 저 자에게 중책을 맡겼을 거 같은데."

룬의 시선이 닿아 있는 곳에는 오우거를 장난감처럼 상대하던 평기사가 서 있었다.

평기사는 룬의 시선을 받고도 한참을 서 있더니 이내 룬의 앞으로 다가왔다.

"아틀란드가 신중을 기하라고 하더니 과연 허언은 아니군. 내가 평범한 기사가 아니라는 건 어떻게 알았지?"

"지금 그게 중요한 게 아닐 텐데. 투구를 벗고 뒤를 돌아 지척까지 오시오."

룬의 말에도 요르망은 피식 웃을 뿐 아무런 행동도 취하지 않았다.

"괜한 고집은 버리시오. 내 말을 듣지 않으면 공주의 목숨은 보장할 수 없소."

"공주님이 죽고 나면 자네의 유일한 인질이 사라지는 것이 아닌가."

"한 번 나를 떠보겠다는 심산 같은데 그렇다면 크게 잘못 생각하신거요."

하며 룬이 단검을 애슐리 공주의 목젖에 더욱 가까이 가져갔다. 애슐리 공주의 가녀린 목이 조금 찢겨져 피가 배어나왔다.

"자네가 이러는 걸 보니 우리가 무엇을 할지 알고 있는 모양이군. 그럼에도 도망을 가지 않은 건 저 중에 지키고 싶은 누군가가 있기 때문이겠지?"

요르망이 아카데미쪽으로 시선을 돌렸다. 그리고 다시 룬을 보았다.

"과연 그게 누굴까? 허나 그건 중요한 게 아니지. 어차피 저들 모두를 죽인다면 그 중 한명이 될 테니까."

"그 전에 공주의 목이 먼저 날아갈 것이오."

"자네는 계속 같은 말만 되풀이 하는구먼."

요르망이 룬이 있는 쪽으로 한발 다가왔다. 그의 얼굴은 투구에 가려 보이지 않았지만 공주가 인질로 잡혀 있음에도 목소리에는 여유가 있었다.

"자네가 모르는 것이 하나 있네. 지금쯤 이미 왕국은 제국의 손에 넘어 왔을 것이야. 설령 이곳을 무사히 빠져나간다 해도 자네를 비롯하여 자네가 지키고 싶어 하는 누군가를 지킬 수 없다는 말이네. 그러니 괜한 분란을 일으키지 말고 순순히 투항하게. 다른 건 몰라도 자네만은 꼭 생포해 오라 했으니 자네의 목숨은 보장해 주겠네. 원한다면 자네가 지키고 싶어 하는 그자의 안위도 보장해 주겠네."

요르망은 투구를 벗고는 룬의 눈을 응시했다. 요르망의 말이 통한 것인지 룬은 공주의 목을 부여잡고 있던 손에 힘을 풀었다. 그리고 공주를 의자에 앉혔다. 하지만 단도는 여전히 그녀의 목젖에 닿아 있었다.

"당신이야말로 뭘 모르는군. 애틀란지역은 천애요새라 설령 십만대군이 몰려와도 절대 뚫을 수 없을 것이오."

"하하하―."

돌연 요르망이 크게 웃었다.

"그거라면 걱정하지 말게. 그의 아들을 이미 회유해 두었으니 말이야. 아, 자네는 모를 수 있으니 말해주겠네. 브농 후작은 더 이상 애틀란을 지킬 수 없을 거네. 우리가 그렇게 만들었으니까. 애틀란만 아니라면 이 정도 왕국이야 제국의 한 영지를 점령하는 것보다 쉬운 일이지. 그러니 괜한 희망을 버리고 이만 투항을 하게나. 아무리 자네를 생포해 오라는 명령을 받았지만 공주님을 인질로 잡은 이상 그 명을 지킬 수 있을지 장담할 수 없다네."

요르망이 슬슬 달래는 투로 말했다.

하지만 룬은 여전히 수긍을 하지 않는 얼굴이었다.

"브농 후작님은 살아 계십니다."

"……."

요르망의 미간이 좁혀졌다.

"후후—. 내가 그 말을 믿을 거라 생각하나?"

요르망이 한껏 여유로운 얼굴로 한 발 더 룬에게 다가왔다.

룬이 제지할 명목으로 공주의 목을 다시 팔로 감싸 안았다.

모르는 사람이 봤다면 꼭 사랑스런 연인을 품에 안은 것처럼 보일 법했다.

"와인에 산초유를 섞고 의관을 매수한 것은 이미 눈치채고 있었지. 그 많은 인사 중에 굳이 브농 후작님을 노린건 조금만 생각해보면 그 이유를 알 수 있는 것이니 이미 대처 또한 해놓았지. 이래도 내가 거짓말을 하는 것으로 보이나?"

물론 데이미안이 그 후에 무슨 대처를 했는지는 룬도 알지 못했다.

하지만 이는 요르망도 마찬가지고 지금에서 중요한 사항도 아니었다.

"……."

이쯤 되니 여유로웠던 요르망의 얼굴에도 변화가 일었다. 하지만 이내 여유로웠던 얼굴로 돌아왔다.

"그렇다 하더라도 결과는 바뀌지 않네. 이미 왕국의 영주들을 포섭해 놓았으니 말이야. 자. 더 이상 불필요한 언쟁은 그만두고 이만 포기하게나."

사실 영주들의 병력만으로는 왕국을 점령할 수 없었다. 하지만 룬이 그러한 것을 판단할 수 있으리라고는 생각지 않았다.

"그들의 존재 또한 이미 파악해 두었을 거란 생각은 못했나? 그들이 누군지 어디 한 번 맞춰볼까? 그들 중 가장 강력한 영주는 헤지스 백작이 되겠군."

헤지스 백작의 이름이 거론되자 여유로움을 유지하던 요르망의 얼굴이 순식간에 굳어졌다.

'혹시 몰라 그냥 내질러본 말인데 정말로 맞는 모양이군.'

룬은 내심 안도의 한숨을 쉬었다.

"제국의 병사들은 애틀란에서 모두 뼈를 묻을 것이오.

그리고 당신이 말한 영주들은 이미 진압이 되었을 테지. 그러니 괜한 분란을 만들지 말고 이쯤에서 멈추시오. 그렇다면 당신들은 포로교환을 통해 제국으로 돌아갈 수 있소. 하지만 기어코 그 임무를 수행해야 한다면 임무는 달성할 수 있을지 모를 지언정 당신을 비롯해 공주의 목숨은 이 산을 내려가는 순간 사라질 것이오.”

룬은 요르망이 반응을 보일때까지 인내심을 가지고 기다렸다.

마침내 요르망이 입을 열었다.

하지만 요르망의 말은 룬을 향한 것이 아니었다.

“예정대로 계획을 진행한다. 모두 죽여라!”

요르망의 말에도 제국의 기사들은 주춤거리며 즉각 행동에 나서지 않았다.

그들도 요르망과 룬의 대화를 모두 듣고 있었다. 해서 상황이 어떻게 돌아가는 지 알고 있는 터였다.

“이 자의 말은 모두 거짓이다. 내 명에 따르지 않는 놈이 있다면 이 자리에서 죽일 것이다. 당장 움직여라!”

그러자 제국의 기사들이 진형을 갖추기 시작했다.

룬은 무언가 잘못 돌아가고 있음을 느끼고 진형을 갖추기 시작한 기사들 쪽으로 몸을 날렸다. 더 이상 인질로써 효용가치가 없는 애슐리는 그대로 의자에 앉혀 두었다.

하지만 요르망이 이를 막아서고 나섰다.

"……."

룬이 요르망을 노려보았다.

"자네는 나와 함께 있어야겠네."

"지금이라도 내 말에 따르는 게 좋을 텐데 멍청한 짓을 했군."

"그야 두고 보면 알 일이지."

요르망은 룬의 말에 현혹되지 않았다. 포로교환으로 제국에 돌아간다? 순진한 생각이었다. 아마 갖은 고문으로 제국의 정보를 캐낼 때 까지 캐내다 나중에는 물한모금 주지 않을 것이 분명했다.

공주를 인질로 잡은 왕국이 제국에 무리한 요구를 해올 것도 자명한 일이었다. 차라리 이곳에서 아카데미생들을 모두 죽이고 공주마저 죽는 것이 제국을 위해 이로운 일이었다.

물론 공주를 잃은 황제에게는 애석한 일이기는 하지만.

룬이 요르망에 막혀 있는 사이 어느새 제국의 기사들이 아카데미생들을 향해 움직이고 있었다. 아카데미생과 교관들은 진열을 가다듬는 제국의 기사들을 보면서도 위험이 다가오고 있음을 눈치 채지 못했다.

'차라리 이럴 거면 기습이라도 하는 편이 나을 뻔했군.'

상황을 타개하기 위해 애슐리 공주를 인질로 잡고 요르

망과 구구절절 이야기를 늘어놓았다. 하지만 결과적으로는 전혀 쓸모가 없는 일이 되어 버렸다.

룬은 상황을 살피다가 요르망을 뛰어넘으며 앞으로 달려갔다.

요르망이 급히 몸을 돌려 룬을 따라갔다. 그런데 불덩이 하나가 날아와 그의 머리를 덮쳤다. 그는 날아오는 불덩이를 오러로 소멸시켰다.

요르망이 불덩이를 소멸시키는 사이 룬의 신형은 벌써 저 멀리 달아나고 있었다.

요르망이 한 박자 늦게 룬을 추격해 나섰다. 금세 룬을 따라잡을 줄 알았던 그는 내심 놀라지 않을 수 없었다. 룬의 속도가 자신에 비해 전혀 모자라지 않았기 때문이다.

요르망은 룬을 향해 단도를 던졌다. 바람처럼 빠르게 단도가 날아갔지만 룬은 뒤도 돌아보지 않은 채 단도를 피했다. 하지만 그 덕에 달리던 속도가 늦어져 요르망의 추적을 허용해야했다.

"당신과 놀아줄 시간이 없다고 말했을 텐데."

"그것은 내가 결정할 일이지."

룬은 힐끗거리며 제국의 기사들을 보았다. 어느새 아카데미생들에게 당도하고 있었다.

"모두 피하십시오."

룬의 외침에 산새들이 놀라 파드득 하늘위로 날아갔다.

하지만 영문을 모르는 아카데미측에서는 별다른 반응이 없었다.

"제국의 기사들이 당신들을 헤치려 합니다."

여전히 아카데미쪽에서는 반응이 없었다.

룬은 단도 하나를 기사들 무리에 던졌다. 화염이 이글거리는 단도는 기사중 한명의 배를 뚫고 들어가 내장을 태웠다.

풀썩! 살가죽이 타는 냄새와 함께 기사 한 명이 쓰러졌다.

"어찌 된 일이냐?"

메라헨센이 쓰러진 기사를 팔로 받치며 말했다.

"모르겠습니다. 어디선가 단도가 날아와서는……."

메라헨센은 기사의 상처를 보며 경악에 물들었다. 뜨거운 열기 때문에 단도가 완전히 뱃가죽과 한 몸이 되었기 때문이다.

메라헨센은 기사를 그대로 둔 채 자리에서 일어났다. 그리고 요르망과 시선을 교환하고는 고개를 끄덕였다.

"그대로 돌진한다."

제국의 기사들은 동료의 죽음에 동요하면서도 훈련이 잘 된 기사들답게 메라헨센의 명에 따랐다.

한편 심상치 않은 기운을 느낀 아카데미 측에서 드디어 반응을 보이기 시작했다.

그때 다시 한 번 룬의 외침이 들려왔다.

"피하십시오. 제국의 기사들이 여러분들을 죽이려 하고 있습니다."

이제 그 외침은 더 이상 산새들의 울음소리처럼 의미 없는 것이 아니었다.

아카데미측에서도 드디어 움직이기 시작했다.

"쓸데 없는 데 힘을 뺐군. 저들이 우리의 계획을 안다고 해서 달라지는 것은 없어. 운이 좋아봐야 제국군에게 상처 하나 정도를 더 내는 게 전부겠지. 결국 저들은 모두 죽게 되어 있어."

"그럴 일은 없습니다. 내가 그렇게 만들지 않을 테니까 요."

"후후ㅡ."

요르망은 굳이 입 밖으로 나오는 비웃음을 감추지 않았다.

룬은 요르망을 따돌리려는 생각을 접었다. 소드마스터 의 견제를 받으며 행동하기에는 제약이 너무 심했다. 차라 리 최대한 빨리 제압하는 쪽이 현명했다.

[파이어소드]

룬의 손에서 거대한 화염의 검이 치솟았다. 요르망이 그 를 보더니 흠칫거리며 놀랐다.

"마스터였나……."

하지만 이내 고개를 내저었다.

"아니군. 비슷하지만 오러는 아니야. 대체 그게 뭐지?"

룬은 요르망의 물음을 무시한 채 그에게 달려들었다.

요르망은 룬이 갑작스럽게 달려 들거라는 걸 알기라도 한 듯 십자가 모양으로 검을 그으며 룬을 제지했다.

챙!

룬의 파이어소드와 요르망의 오러가 부딪치면서 날카로운 소리를 냈다.

요르망은 다시 한 번 놀라지 않을 수 없었다. 파이어소드에 깃든 힘이 보이는 것과 마찬가지로 오러에 뒤지지 않았기 때문이다.

요르망은 룬의 공세를 막은 뒤 곧 반격에 들어갔다. 평소 몸에 밴 동작들이 기계적으로 행해지며 룬을 공격해 나갔다. 그러면서 요르망은 또 다시 감탄을 금치 못했다.

오러와 같은 요상한 기술을 부리는 것뿐만 아니라 룬의 움직임이 마스터에 전혀 뒤지지 않았던 것이다. 물론 세련된 움직임은 아니었으나 굉장히 실전적이고 간결한 것이었다.

"길게 끌 것 없이 남자답게 한 합에 승부를 보는 게 어떻습니까."

원래 룬은 마나술과 마법으로 적당히 견제하다가 상대

가 가까이 붙으면 파이어소드로 대응하면서 농락하는 전
투방식을 즐겼다.

하지만 지금은 여유를 부릴 시간이 없었다. 선호하는 방
식은 아니지만 힘으로 찍어누르는 것이 가장 빠른 방법이
었다.

"좋지."

요르망이 검 끝을 룬에게 겨루었다.

룬도 요르망을 향해 파이어소드를 겨누었다. 룬은 가지
고 있는 모든 마나, 그리고 자연에 퍼져 있는 불의 기운을
파이어소드에 집결시켰다.

화르르-.

파이어소드가 뻘겋다 못해 새하얗게 빛났다.

그를 보며 요르망이 눈썹을 꿈틀거렸다.

"자네에게 내 검끝을 내주었다는 알량한 생각은 버려야
겠군."

어느새 요르망의 검끝에서 선명한 오러가 일렁였다. 마
스터의 전유물이라던 오러블레이드였다.

요르망은 마스터에 오른 뒤 오러블레이드를 사용한 적이
극히 드물었다. 오러블레이드는 그 위력이 상당하여 꺼내
들면 반드시 피를 봐야했다. 하지만 그가 대결을 버린 상대
중에서 이를 꺼내 들 만한 적수는 몇 만나본 적이 없었다.

"미안하지만 당신은 내 적수가 못 됩니다."

말과 동시에 룬이 요르망에게 쇄도했다. 요르망도 거의 동시에 룬에게 쇄도했다.

　거의 중간지점에서 둘의 검과 파이어소드가 맞부딪쳤다.

　둘은 서로 힘 싸움을 하는 것처럼 검을 맞대었다.

　하지만 균형은 금세 깨어졌다.

　어느새 요르망의 오러블레이드의 불꽃이 약해지더니 검에서 서서히 금이 가기 시작했다.

　그럼에도 요르망은 피하지 않았다. 오히려 마지막 힘을 불태워 룬의 파이어소드를 향해 힘을 실었다.

　하지만 그것은 생각으로 끝나야만 했다. 금이 간 검은 이내 깨져버렸고 룬의 파이어소드가 덮쳐왔다.

　서걱――.

　살이 베이는 소리와 함께 요르망의 어깨가 너덜너덜해졌다. 요르망은 다른 손으로 어깨를 부여잡은 채 바닥에 풀썩 앉았다.

　그의 입술은 충격을 이기지 못하고 바르르 떨고 있었다.

　불편한 신음이 나오기는 했지만 비명소리는 들리지 않았다.

　그의 얼굴은 경악에 물들었으나 모든걸 내려 놓은 듯 이내 평온 하게 변하였다.

　"검사로써 손은 생명과 같은 것. 그만 죽이게."

그는 최대한 또박또박 말하려 했지만 고통 때문인지 발음이 그리 정확하지 못했다.

룬은 고개를 끄덕이고는 단칼에 요르망의 목을 베었다.

요르망의 머리가 바닥에 떨어져 산속을 굴러 갔다.

생전 위용을 자랑하던 소드마스터의 머리는 죽어서는 평범한 사람과 다를 것이 없었다.

그의 머리를 보며 룬은 기분이 묘했다. 자신도 누군가에 검에 베인다면 생전에 어떤 삶을 살았든 저런 모습이겠지….

주룩--.

룬의 가슴부근에서 핏방울이 떨어졌다. 요르망의 오러블레이드가 깨지면서 튄 파편에 의한 것이었다. 오러실드를 내내 두르고 있었지만 오러블레이드의 파편이 그를 깨버린 것이다.

웬만한 강도로는 흠집도 나지 않는 오러실드가 고작 파편에 깨질 정도니 오러블레이드의 위력이 얼마나 강한 것인지 알 수 있었다.

"후우--."

룬의 입에서 거친 숨이 흘러나왔다. 단 한 합을 겨룬 것이지만 모든 힘을 파이어소드에 집중하였기에 체력이 급격히 떨어졌다.

단일로써는 최강의 위력을 자랑하는 오러블레이드를 깨트릴만한 힘을 냈으니 몸이 아무렇지 않을 수는 없었다. 아마 이전이었다면 당장에 드러누웠을 것이다.

하지만 지금은 그전보다 마나도 많고 무엇보다 자연의 마나를 사용할 수 있었다.

그 덕에 룬의 마나는 아직까지 반 정도 남아 있었다.

파이어소드에 집중됐던 자연의 마나는 파이어소드가 소멸하자 다시 자연의 품으로 돌아갔다.

"후우――."

룬은 다시 한 번 심호흡을 하였다. 그리고 반 정도 남은 마나를 갈무리하여 몸에 회전시켰다.

눈꺼풀이 내려앉을 정도로 피곤했던 육체가 조금은 개운해 졌다. 숨도 제법 안정적으로 변했다. 하지만 여전히 졸음이 쏟아졌다.

그렇다고 마냥 이곳에 있을 수만은 없는 노릇이었다. 지금은 당장 해결해야할 일이 있었다.

룬은 아카데미생들이 있는 곳으로 몸을 옮겼다.

한창 전투가 벌어지고 있었다. 하지만 거의 일방적인 싸움이었다. 애초에 전력차이가 나는데다 오거를 상대해 체력까지 고갈이 난 상태였으니 싸움이 될 리 없었다.

에일리아와 신디아는 메라헨센을 상대하고 있었다. 옆

에는 제이드가 있었는데 검을 들고는 있지만 싸움에 참여하지 않았다. 보잘 것 없는 실력으로 끼어들어봤자 방해만된다는 걸 그도 알기 때문이다.

주위에서는 비명과 살가죽이 찢기는 소리가 난무했다. 사방에 피가 튀겼으며 사람들의 신체 이것저것이 바닥에 나뒹굴었다.

"두 분의 실력이 제법이군요."

끔찍한 상황과 달리 메라헨센의 얼굴에는 긴장한 기색이 전혀 없었다.

"공주님께서는 기본기가 충실하시나 너무 움직임이 정직합니다. 공녀님께서는 민첩하고 감각적이나 힘이 부족하시군요."

메라헨센은 말을 하며 신디아를 향해 검을 휘둘렀다. 신디아는 교본에 나올법한 동작으로 메라헨센의 검을 막았다. 곧이어 메라헨센이 좌우 상하단을 교묘히 공격하는 제국의 검술을 구사했다.

신디아는 그 모두를 힘겹지만 막아내었다. 막아내는 것에서 그치는 게 아니라 틈을 노리며 반격해 갔다.

하지만 기다리기라도 한 듯 메라헨센이 그를 피하고서는 신디아의 목에 검을 겨누었다.

"후후-. 보십시오. 다음 공격이 어떻게 될지 뻔히 보이니 이렇게 허무하게 반격을 당하는 거 아니겠습니까."

그는 신디아의 목에 겨누었던 검을 내려놓았다. 그리고는 에일리아에게 달려들었다.

에일리아는 갑작스런 메라헨센의 공세에도 때론 막고 때론 피하며 무마시켰다. 하지만 메라헨센이 기합성을 내지르며 일격을 가하자 그 충격을 이기지 못하고 뒤로 밀리며 바닥에 주저 앉아야 했다.

"보십시오. 공녀님께서는 힘이 약해서 제 공격을 버텨내지 못하지 않습니까."

메라헨센이 뒤로 한발 물러서며 에일리아와 신디아를 번갈아가면서 보았다.

"제가 큰 가르침을 드렸으니 앞으로는 실수를 범하지 마십시오. 아아, 이런. 오늘이 지나면 다시는 검을 잡을 수 없을지도 모르는 데 제가 괜한 말을 했군요."

"이러고도 무사할 것 같나요."

메라헨센의 비아냥을 무시한채 에일리아의 입에서 비틀린 음성이 나왔다.

"물론입니다, 이미 왕국은 제국의 손에 넘어 와 있습니다. 모두 예견된 일이었지요. 그러니 누가 우리를 해할 수 있겠습니까."

메라헨센이 의기양양하게 대답을 하고 있는 사이 에일리아가 신디아에게 눈짓을 했다. 신디아가 알았다는 듯 고개를 끄덕였다. 그녀가 메라헨센을 향해 검을 찔렀다.

메라헨센은 에일리아를 보고 있었지만 다른 쪽에도 눈이 달린 마냥 가볍게 신디아의 검을 피했다.

하지만 곧 이어 에일리아의 검이 그의 머리를 노려오고 있었다. 그가 고개를 살짝 숙였다. 다시 기다렸다는 듯 신디아가 위로 검을 그었다.

메라한센이 공중제비를 하며 피했다. 갑작스런 기습. 거기에 그치지 않고 상대가 피하기 까다로운 곳을 연계에 들어간 공격이었으나 쉽게 무위로 돌아가 버렸다.

하지만 그녀들이 준비한 것 역시 몇 번의 공격이 전부가 아니었다.

그녀들은 약속이라도 한 듯 찌르고 베고 때론 물러나며 메라헨센을 공격해 나갔다.

메라헨센은 가소로운 듯 간결한 동작으로 그녀들의 공격을 피해나갔다. 오러를 일으키지도 않았다. 순수한 검술 능력만으로 그녀들에게 자신의 우위를 보여주고 싶었다.

하지만 그런 그의 얼굴엔 이내 웃음기가 사라졌다. 그녀들의 공세가 아직 아카데미를 졸업하지도 않은 검사라고 볼 수 없을 정도로 거셌기 때문이다.

그가 지적한 두 명의 단점. 너무 정직한 검과, 힘이 부족한 검.

에일리아는 민첩하고 변화무쌍한 검술을, 신디아는 정직하지만 우직한 검술을. 서로의 단점을 보완하고 장점을 살리니 하나의 완성된 검술이 되었다.

그리고 그것은 메라헨센을 압박하기에 충분한 것이었다. 그의 얼굴에는 어느새 노기마저 서려 있었다.

아무리 이대일이라지만 아직 아카데미도 졸업하지 않은, 게다가 여인에게 수세에 몰린다는 것은 그의 자존심에 용납할 수 없는 일이었다.

마침내 그의 자존심을 송두리째 뿌리 뽑는 일이 발생했다. 신디아의 검이 그의 배에 상처를 남긴 것이다. 스친 것이기에 싸움에는 전혀 지장이 없었지만 메라헨센은 크게 광분했다.

마침내 그가 오러를 꺼내 들었다. 그녀들도 지지않고 곧바로 오러를 발현했다. 하지만 이제 막 걸음마 단계의 오러와, 소드마스터를 바라보는 메라헨센의 오러의 위력은 차원이 달랐다.

메라헨센이 검을 휘드르자 그녀들은 오러의 힘을 이기지 못하고 뒤로 밀려났다. 검술은 상대방의 움직임을 파악하고 막을 수 있을 때나 성립이 되었다. 상방의 검을 막을 수 없다면 검술은 무용지물이나 다름없었다.

그 반례로 상황은 순식간에 반전이 되었다. 이제 그녀들은 메라헨센의 공세를 일방적으로 당하는 처지가 되었다.

메라헨센은 유희를 즐기는 듯 당장 그녀들에게 치명상을 남기지는 않았다. 하지만 이내 시들해진 그는 마침내 마지막을 준비했다.

먼저 심판을 받은 자는 에일리아였다. 그의 검이 하늘높이 올라갔다. 에일리아는 마지막을 직감했다. 그의 검에 맺힌 오러는 자신의 오러를 무참히 깨버릴 것이고 그대로 자신의 몸을 벨 것이다.

죽음에 대한 공포 때문일까. 그녀의 시야에 룬의 모습이 비쳤다. 그녀는 지금 자신이 뭔가를 잘못 봤나 싶었다. 하지만 그건 분명 룬이었다.

룬의 신형은 저 멀리 있었다. 하지만 착시현상처럼 점으로 보였던 룬의 모습이 점점 커지기 시작했다.

에일리아의 머리에 경종이 울렸다. 그녀는 거의 본능적으로 메라헨센에게 검을 찔렀다. 동시에 메라헨센도 검을 내리 그었다.

메라헨센의 검이 에일리아의 검을 깨트리며 그녀의 머리를 파고들어 왔다. 에일리아는 눈을 감았다. 당연히 느껴져야 할 검의 감촉은 느껴지지 않았다.

죽음에 이르면 정신이 아늑해 지고 모든게 편안해 진다더니 고통도 느끼지 못하는 것일까.

그녀가 눈을 떴다.

입술을 파르르 떨며 붉은 선혈을 흘리고 있는 메라헨센이 보였다. 화염으로 이글거리는 검이 등을 넘어 배를 뚫고 나와 있었다.

메라헨셴이 천천히, 무거운 발을 뒤로 돌렸다.

차가운 얼굴을 하고 있는 누군가의 모습이 보였다.

"쿨럭--. 너, 너는……."

메라헨셴은 자신의 배를 찌른 자를 넘어 저 멀리 요르망이 있는 곳을 보았다. 시야가 흐려 그곳은 보이지 않았다.

"요, 요르망님은……?"

하지만 메라헨셴은 대답을 들을 수 없었다. 답을 듣기 전에 그의 의식은 요르망이 있는 곳으로 사라져 버렸기 때문이다.

메라헨셴의 신형이 바닥에 쓰러지며 먼지가 일어났다.

제국을 호령하던 소드마스터. 그리고 그의 뒤를 잇는 메라헨셴. 몇 분 되지 않는 짧은 사이 그 둘은 그렇게 허무하게 스러졌다.

메라헨셴이 쓰러지는 것을 보던 룬은 다시 고개를 들었다. 룬의 시야로 누군가 다가오고 있는 게 보였다. 하지만 이내 경각심을 풀었다. 아카데미의 인물이었기 때문이었다.

룬은 쓰러져 있는 에일리아를 부축해 일으켜 세웠다.

"괜찮으십니까?"

룬은 상황에 어울리지 않게 여유 있는 얼굴을 하였다. 그것이 그녀를 안정시킬 수 있을 거란 생각에서였다.

다행히 에일리아는 죽음의 문턱을 넘을 뻔 했음에도 생각보다 평온한 상태였다. 죽음이 다가왔을 때 극도의 공포에 휩싸이거나 반대로 이를 극복하기 마련인데 그녀는 후자에 속하는 듯했다.

'역시 타고난 검사의 피를 가지고 있군.'

짧은 사이 룬은 그렇게 생각했다.

하지만 그녀에 대한 감탄 보다는 안쓰러운 마음과 어서 상황은 타개해야겠다는 마음이 앞섰다.

"저는 괜찮아요. 그보다 어떻게 된 일이죠?"

"자세한 건 나중에 설명해 드리겠습니다. 우선 자리를 피하시죠."

룬이 말을 하고 있는 사이 제국의 기사 한 명이 룬을 향해 달려들었다.

그의 행동에 거리낌이 없는 것이 룬을 평범한 아카데미생으로 생각한 모양이었다. 그런 그의 어리석은 생각은 곧 끔찍한 결과를 낳았다.

룬은 에일리아를 부축한 채 라이트닝을 날렸다. 전기가 튀기며 기사가 몸을 부르르 떨었다. 순간적으로 시전한 저써클 마법이지만 갑옷을 입고 있는 기사의 몸에 충격을 주기에는 충분했다.

룬은 에일리아를 부축한 손을 거두고 마무리를 짓기 위해 움직였다.

하지만 룬보다 한 발 빠른 움직임이 있었다. 신디아가 어느새 그 기사를 향해 검을 찔러 넣고 있던 것이다.

그녀의 검 끝에는 희미하게 오러가 서려 있었고 플레이트메일을 뚫기에 충분했다.

그녀는 기사의 뱃속에 검을 찔러 넣은 채로 넋이 나간 듯 검을 회수하지 못했다. 기사를 찌른 건 검이지만 손을 타고 섬뜩한 느낌이 전해졌다.

실제로 살인을 해 보는 것은 이번이 처음이었다. 그리고 그것은 생각보다 끔찍한, 아니 이전에는 생각해 본적이 없었던 괴상한 느낌이었다.

그녀가 잠시 멍해 있는 사이, 자신의 동료가 검에 찔린 것을 본 다른 기사 한 명이 광분하며 신디아를 향해 달려들었다.

평소의 신디아라면 뛰어난 기사의 공격이지만 피할 수 있을 터였다.

하지만 그녀는 지금 첫 살인에 대한 후유증으로 제 정신이 아니었다.

룬은 그녀에게 몸을 날림과 동시에 아이스에로우와 파이어볼을 중첩하여 날렸다.

마법이 적중하는 소리가 울렸다. 그 소리에 신디아가 정신을 차렸다. 그녀의 눈에 고통에 찬 기사의 모습이 보였다. 아이스에로우와 파이어볼. 저써클 마법이지만 극상의 기운이 동시에 몸에 닿으니 고통은 이루 말할 수 없는 것이었다.

그런데 그때였다. 그녀의 눈에 도무지 이해할 수 없는 것이 들어왔다. 고통에 몸부림 치고 있는 기사 뒤로 한 아카데미학생이 에일리아를 향해 검을 휘두르고 있는 것이다.

첫 살인에 너무 충격이 컷던 탓에 환각증세라도 있는 것일까. 어째서 같은 아카데미생이 에일리아를 공격하고 있는 거지?

신디아가 그렇게 생각하고 있는 사이 에일리아의 몸에서는 어느새 너무나 생생한 피가 튀겼다.

그 피는 사방에 뿌려졌고 신디아의 얼굴에도 날아왔다. 뜨겁고 끈적끈적한 피가 얼굴을 적셨다.

"에일리아님?"

에일리아를 보며 자신의 눈을 의심하고 있던 것은 그녀 뿐만이 아니었다. 룬 역시 신디아와 마찬가지로 눈앞에 벌어진 현실을 금세 받아들이지 못했다.

룬은 오히려 신디아 보다 심했다. 룬은 한편의 연극을 보고 있다고 생각하였다.

하지만 그건 룬의 바람일 뿐이었다.

룬의 망상이 깨어지는 건 별로 오래지 않았다.

어느새 낯선 아카데미생이 쓰러진 에일리아를 향해 다시 한 번 검을 내지르고 있었다.

룬은 여전히 멍해 있는 상태였다. 하지만 멍한 머리와 달리 몸은 어느새 그에게 날아가고 있었다.

푸욱-.

검이 살집을 찌르는 소리가 유독 끔찍하게 울렸다. 룬의 배에 어느새 검 하나가 박혀 있었다. 룬은 두 손으로 검을 통째로 빼내어 바닥에 던졌다.

룬이 비틀거리며 낯선 이에게 다가갔다. 룬의 몸 주변에는 빨갛고 파랗고 노란 여러개의 물체들이 둥둥 떠다녔다. 그것은 한 번에 낯선 이에게 다가가 그를 무참히 뭉게버렸다.

후우--.

숨쉬기 조차 힘든 듯 불편한 숨을 내쉬고 있지만 아직 그는 죽지 않았다.

룬은 차라리 잘 되었다고 생각했다.

룬은 돌을 들어 쓰러진 그의 머리를 내리쳤다.

그의 머리는 곧 피로 물들었고 이내 형체조차 알아 볼 수 없을 정도가 되었다. 그의 가슴에 새겨진 [헤럴드]라는 문구와, 해지스 가문을 상징하는 백마문양만이 생전에 그가 누구였는지 나타내주고 있었다.

룬은 자신의 행동에 소스라치게 놀라며 그에게서 물러났다.

심장이 쿵쾅거렸다.

가슴속에서 주체할 수 없는 무언가가 폭발하려 하는 것

만 같았다.

이상한 일이었다. 살인은 해보기도 했었고 또 당하기도 했었다.

보는 것 또한 많았다.

하지만 이렇게 주체 할 수 없는 감정에 휩싸인 적은 단한 번도 없었다.

룬은 애써 감정을 추스르고 쓰러져 있는 에일리아에게 다가갔다. 그녀는 희미하게 숨을 내쉬고 있었다. 그녀의입에서 선혈이 나와 본인의 얼굴을 적셨다.

룬은 그녀의 얼굴에 묻은 피를 손으로 쓸어 내렸다.

에일리아는 룬을 올려다보았다. 그녀가 손을 내밀어 룬의 배를 어루만졌다.

"저 때문에…………. 하지만 이제야 이렇게 가까이서 얼굴을 보네요."

그녀의 음성은 요르망의 마지막처럼 불규칙하고 힘에 겨워 보였다. 그녀의 커다란 눈망울에는 눈물이 고여 있었다. 이윽고 눈물은 얼굴을 타고 내려와 바닥을 적셨다.

"이제야 이렇게 보네요……."

그녀는 같은 말을 되풀이 했다.

"이제서야……."

그것을 끝으로 그녀는 고개를 떨어뜨렸다.

룬은 정신을 잡아 놓고 있던 끈 하나가 툭 끊긴 것 같았다.

룬의 눈은 붉게 물들었다. 가슴에서 뜨거운 무언가가 올라왔다.

그 기운은 곧 온몸을 뒤덮었다.

정신이 혼미해져갔다.

룬은 희미해져가는 의식속에서 붉게 타오르고 있는 화신을 보았다.

그것은 이프리트였다.

NEO FUSION FANTASY STORY & ADVANTURE

제 2 장

브농 후작. 그리고 피에나르

제 2 장
브농 후작, 그리고 피에나르

제국군은 애틀란을 향해 진군 중이었다. 이번 전쟁에서 총 지휘를 맡게 된 필스는 높게 솟아오른 절벽을 올려다 보고 있었다.

"정말 엄청나군요. 저 위에서 바위며, 뜨거운 기름이며 할 것 없이 쏟아 부을 것을 생각하니 아찔하군요."

필스를 따라 절벽을 올려다보던 한렌이 말했다. 그는 이 번 출전에서 부관을 맡았지만 총지휘를 맡은 필스에 비해 서는 아직 애송이에 불과했다.

"저 높이라면 아마 기름은 내려오기도 전에 식어 버리 겠지. 하지만 굳이 뜨거운 기름이 아니라 그 어떤 것이라 도 무서운 무기가 될 거야."

"압도적인 군사력에도 르니에르를 침공하지 못한 이유가 여기에 있었군요."

한렌은 높게 솟아 오른 절벽에 벌써부터 주눅이 든 모양이었다.

"저 뿐만이 아니지. 설령 저 지옥과 같은 길을 지나쳤다 하더라도 다음에는 늪지대가 펼쳐져 있어. 넓은 초원같은 그 늪지대는 어디가 늪이고 어디가 길인지 도저히 알 수가 없어 그대로 진군하다가는 늪의 괴물이 되기 십상이지. 아주 운이 좋아 그 늪지대까지 지나쳤다 하더라도 다음에는 거센 물길이 기다리고 있어. 그 물길에는 커다란 다리 하나가 있는데, 밧줄로 지탱되어 있어 왕국의 군사가 그 밧줄 하나만 끊어 버리면 거센 물살의 멋잇감이 되고 말지."

"데스로드…… 정말이지 그 보다 어울리는 표현이 없는 곳이군요."

할렌이 데스로드의 위용에 질려버렸는지 고개를 세차게 흔들었다.

"그래. 하지만 걱정할 건 없어. 저 데스로드만 무사히 건널 수 있다면 왕국은 제국의 한 곳보다도 전력이 약한 곳이니까. 게다가 내부적으로도 군사들이 들고 일어날 테니 왕국을 접수하는 데 십만이라는 군사도 넘치도록 많은 숫자지."

"그렇기는 하지만 그래도 왠지 섬뜩하네요."

할렌은 여전히 절벽을 올려다보고 있었다.

"자네는 너무 겁이 많아. 애틀란의 새 영주께서 친히 문을 열어 주신다 하는데 뭐가 걱정인가."

필스가 확신하듯 말했지만 할렌의 얼굴에는 여전히 두려운 기색이 역력했다.

"자자. 첫 번째 출정이라 긴장한건 알겠지만 계속 그렇게 겁쟁이 같은 얼굴을 하고 있으면 떼어 버리고 갈 수 있으니 부단장으로써 위엄을 보이라고."

필스의 농담에 할렌은 억지로 웃었지만 마음 한편이 이상하게 무거웠다. 모든 게 계획대로 잘 진행되고 있는 데 뭐가 무서운 것일까. 단순히 첫 출정이 갖는 무게감 때문일까.

브농 후작이 왕처럼 군림하던 애틀란은 피에나르의 것이 되었다. 브농 후작은 공표되지는 않았지만 이미 죽은 것이나 다름 없고 장자와 차남은 이곳에 없었다. 이 애틀란에서 이제 자신이 왕이었다.

피에나르는 '데스로드' 라는 곳에 있었다. 어떤적이든 한 번들어오면 싸늘한 시체가 된다 하여 붙혀진 이름이었다.

피에나르는 높은 절벽 위에서 구부구불하고 좁은 길을 내려다 보았다. 그의 옆에는 기사단장이 심각한 얼굴을 한 채 피에나르와 같이 시선을 아래로 두고 있었다.

"제국군이 오면 저항 없이 통과시키라는 말씀입니까?"

피에나르의 음성은 의문으로 가득했다.

"그렇습니다. 그들이 원하는 건 왕국이 아니라 남대륙을 정벌하는 것입니다."

"하지만 저는 그런 보고를 받은 적이 없습니다."

"왕궁에서 내린 서신이 언제부터 기사단장님에게 갔습니까? 기사단장님은 설마 영지를 다스릴 권한이 영주님의 핏줄인 나보다 단장님에게 먼저 있다고 말하고 싶은 겁니까?"

"그건 아닙니다만…… 제가 경솔했습니다. 하지만 이는 워낙 중대한 사항이니 상세히 알아보고 결정하겠습니다."

피에나르가 기사단장을 한껏 노려보더니 이내 부드러운 얼굴을 하였다.

"단장님의 그 세심한 성격을 누가 말리겠습니까. 그건 그렇고 유베리도 이제 성인이 되지 않습니까?"

유베리는 기사단장의 장남이었다. 단장이 브농 후작의 총애를 한 몸에 받고 있는 만큼 그의 아들인 유베리 또한 장차 아버지의 뒤를 이어 브농가를 이끌 유망한 기사로 성장하고 있었다.

"그렇습니다. 헌데 그건 왜?"

"성년이 되는 날은 큰 의미가 있는 날이죠. 보잘 것 없지만 선물을 준비했습니다."

피에나르가 검을 꺼내 높이 들었다. 불순물이 전혀 섞이지 않은 아주 깨끗한 은빛 검신이 햇살에 반사되어 반짝거렸다.

"그라가스라는 장인이 만든 롱소드입니다. 불순물이 전혀 없기에 오러를 일으키는 데 최상의 조건이지요. 막 오러를 사용하게 된 유베리에게는 더 없이 좋은 검이 될 겁니다."

하며 피에나르가 롱소드에 오러를 일으켰다.

"보십시오. 아주 정순한 오러가 나오지 않습니까?"

"그렇군요. 정말 좋은 검입니다."

"단장님께서 한번 확인해 보시겠습니까?"

단장은 대답이 없었지만 피에나르는 검을 그에게 넘겼다. 단장은 검을 두손으로 받아 들었다. 그의 시선은 곧 검에 집중 되었다.

그의 얼굴에는 갓 태어난 아기를 보는 것 마냥 푸근한 미소가 걸려 있었다.

"정말 좋은 검이군요."

단장이 말을 하며 옆을 돌아봤다. 하지만 그곳에 피에나르는 없었다.

그 순간 이었다.

푸욱-.

검 하나가 기사단장의 배를 뚫고 들어왔다. 차디찬 검은 그가 입고 있던 갑옷을 단숨에 뚫고 척추를 관통 시켰다.

"당신의 가족들에게는 내 잘 말씀드리겠습니다. 용맹한 전사 타일라니, 용감하게 싸우다 죽었노라, 라고 말이죠. 유베리 역시 단장님의 뒤를 이어 좋은 기사로 등용하도록 하겠습니다. 그러니 부디 저승에서라도 편히 눈감으십시오."

피에나르는 경악에 찬 기사단장의 얼굴을 무시한채 무심히 그를 절벽밑으로 밀었다. 척추가 관통당한 그는 어떠한 저항도 없이 그대로 절벽 밑으로 추락해버렸다. 바닥에 떨어져 있는 핏자국만이 그가 피에나르 옆에 있었다는 것을 증명해줄 뿐이었다.

"크하하!"

피에나르는 웃었다.

"이제 내가 이곳의 왕이다."

광기어린 그의 얼굴은 탐욕으로 물들어 있었다.

❖

브농 후작은 평소 업무를 맡아오던 후작가의 집무실에

도착했다. 잘 정돈된 테이블과 깨끗하게 닦여진 바닥. 벽에 걸려 있는 말을 타고 있는 기사의 그림. 천장에 메달려 있는 금과 은을 섞어 만든 샹들리에. 이전과 다를 것은 하나도 없어 보였다.

하지만 그는 이미 많은 것이 변해 있음을 알고 있었다.

피에나르는 들뜬 마음으로 집무실로 들어갔다. 모든 일은 계획대로 진행되어가고 이제 자신은 새로운 가주로써 권리를 누릴 일만 남았다.

한데 피에나르는 집무실에 들어선 순간 자신의 눈을 의심해야 했다.

그의 눈에 비친 건 이미 죽어서 싸늘한 시신이 돼 있어야할 브농 후작의 모습이었다.

"뭘 그리 놀라느냐? 귀신이라도 봤느냐."

허상이 말을 할리는 없으니 그는 분명 진짜일 것이다.

"아, 아닙니다."

피에나르가 얼떨떨하게 대답했다.

"이리 와서 앉거라."

피에나르가 쭈뼛거리며 브농 후작이 가리킨 자리에 앉았다. 단순히 의자에 앉는 행동만으로 피에나르의 등은 땀으로 축축하게 젖었다.

"그런데 기사단장의 모습이 보이지 않는구나."

"그것이……."

피에나르가 말끝을 흐렸다. 그 사이 피에나르의 머리는 빠르게 돌아가고 있었다.

'안 돼. 이대로 가면 난 끝장이야. 침착하자. 침착해.'

다행히 떨리던 가슴이 진정이 되었다. 한순간이라지만 아버지 그늘에서 벗어나 영주로써의 권위를 맛 본 탓이 컸다. 이전이었다면 이렇게 브농 후작 앞에서 거짓말을 하고도 진정할 수 없었을 것이다.

"기사단장님께서는 얼마 전 불의의 사고로 유명을 달리하셨습니다. 데스로드를 순찰하러 나갔다 변을 당하신 거지요."

"그래? 쯧쯧. 어쩌다가."

브농 후작이 혀를 찼다. 그가 자신의 말을 믿는 것 같은 눈치자 피에나르는 내심 안도했다.

"그런데 푸와겐과 데이몬드도 보이지 않는구나."

"푸와겐님은 이제 나이가 지긋하시어 고향으로 내려가 농사를 지은다하셨고, 데이몬드는 지병이 돋아 더 이상 후작가를 위해 일을 할 수 없게 되었습니다."

"그것 참 안타까운 일이로구나."

역시 브농 후작이 믿는 눈치자 피에나르가 속으로 쾌재를 지었다.

순간적으로 만들어낸 변명치고는 제법이지 않은가. 자

신의 임기응변에 내심 만족스런 마음까지 들었다.

"얼마 후에 제국군이 온다던데 그는 어떻게 된 것이냐?"

"아, 그것은……."

피에나르가 다시 말끝을 흐렸다. 어떻게 대답을 해야 이 위기를 무사히 넘어갈 수 있을까.

"그렇지 않아도 제국군을 대비해 전열을 가다듬고 있었습니다. 아무리 데스로드가 천애요새라지만 최소한의 대비는 해 놓아야 하니까요."

그렇게 대답하며 피에나르는 후작가의 사람들의 입단속을 어떻게 시킬까 고민했다.

그러다 문득 억울한 생각이 들었다. 불과 어제까지만 하더라도 이 아틀란에서 왕으로 군림하는 꿈을 꾸었다. 이곳의 주인은 이제 자신이었다. 이전의 주인이 왔다고 하여 돌려줄 의무는 없었다.

그렇게 생각한 그는 음융한 생각을 품었다.

"내일 데스로드에 같이 가보시겠습니까?"

그의 얼굴은 자신의 아비에게 절대적인 복종을 하는 순종적인 아들의 모습을 하고 있었다.

"전란이 오고 있는 이때 최후의 결전지를 정비하는 것은 응당해야하는 일이지."

"내일 아침 바로 가시는 게 어떨지요?"

"그렇게 하자꾸나."

피에나르가 속으로 쾌재를 불렀다.

"그런데 아버님. 직스님은 만나보셨습니까?"

그를 만나지 않았다는 건 알고 있었다. 만약 그를 만났다면 이렇게 아무것도 모른 채 자신을 대할리 없을 테니. 하지만 그가 궁금한건 오늘 그를 만날 것인가에 대한 것이었다.

"아직 만나보지 못했다. 그건 왜 묻느냐?"

"아무것도 아닙니다. 오랜만에 오셨으니 정담을 나누시지 않을까 하여 여쭤본 것입니다."

"오늘은 피곤하구나."

날은 이미 어둑해지고 잠을 청해야 할 때가 오고 있었다. 내일은 아침 일찍 데스로드에 갈 테니 그와 접촉할 일은 없을 것이다.

'다행히 하늘은 아직 나의 편이구나.'

피에나르는 내일 모든 일을 마무리 시킬 생각이었다. 그 일만 마무리 시키면 더 이상 자신을 막을 사람은 아무도 없었다.

❖

다음날이 되자 피에나르는 아침 일찍 브뇽 후작을 찾아갔다. 피에나르는 브뇽 후작이 혹여 누구를 만나기라도 할

까봐 뜬눈으로 그의 거처를 지킨 탓에 그가 막 목욕을 하고 옷을 단장한 때에 맞춰 그를 만날 수 있었다.

"이렇게 이른 아침부터 어인일이냐?"

"오늘 데스로드에 가기로 하지 않으셨습니까?"

"그랬지. 그렇지만 좀 이른 시간이긴 하구나."

하면서 그는 옷매무새를 가다듬었다.

"그래도 마침 외출할 준비가 끝난 상태니 지금 가면 되겠구나."

피에나르가 속으로 쾌재를 지으며 브농 후작을 안내했다.

"다른 이들이 보이지 않는구나."

"예. 굳이 필요가 없을 것 같아서 부르지 않았습니다. 이번 일에 관해서 저만큼 잘 아는 사람도 없으니까요."

브농 후작이 피에나르를 무심하게 바라보았다. 피에나르가 괜히 뜨끔하여 딴청을 피웠다.

"오랜만에 아들과 산책을 하는 것도 나쁘지는 않겠지."

데스로드를 가는 길은 그리 멀지 않았다. 얼마 지나지 않아 둘은 데스로드의 높은 절벽에 올라 낭떠러지 아래를 내려다보았다.

'하늘이 최후의 장소로 이곳을 선택하셨구나.'

피에나르가 서 있는 자리에는 옷에 스며든 얼룩처럼 핏자국이 남아 있었다.

피에나르는 그것을 훈장처럼 여겼다.

"이곳은 늘 변함이 없구나."

"예. 아마 백년이 지나도 그대로일 겁니다."

"그래도 직접 눈으로 보니 안심이 되구나. 이곳이 있는 한 설령 백만 대군이 몰려와도 끄떡없을 것이야."

"물론입니다."

'하지만 제국의 십만 병사에 이곳은 무너질 겁니다.'

대답을 하며 피에나르는 속으로 그렇게 생각했다.

"그리고 보니 기사단장이 구체적으로 어떻게 죽었는지 물어보지 않았구나. 그가 죽은 곳이 이곳이었다지?"

"예."

피에나르의 이마에서 땀방울이 흘러내렸다. 그는 핏자국 위로 올라가 흔적을 숨겼다. 이 핏자국은 자신의 거사를 증명해줄 훈장이었지만 브농 후작에게 보여서는 안 되었다.

"단장의 시체가 저 밑에서 발견 되었다지?"

브농 후작이 절벽끝으로 걸어가 아래를 내려다보았다.

"예…… 예."

피에나르의 말끝이 떨려왔다.

"이상한 일이구나. 기사단장정도의 사람이 아무 이유없이 절벽에서 떨어지다니 말이야. 누가 밀지 않고서야 스스로 떨어 졌다는 게 말이 되질 않는 구나."

브놓 후작은 거의 발만 걸친 채 절벽 아래를 내려다보았다.

"혹시 아는 것이 있느냐?"

브놓 후작의 시야는 여전히 절벽 아래를 향해 있었다.

"그럴리가요. 아, 그러고 보니 집히는 게 있군요."

피에나르의 침을 꿀꺽 삼켰다. 가슴이 두근두근 거렸다.

'진정해. 이번 일만 마무리 하면 내가 이곳의 왕이 되는 거야.'

다행이 왕이 될 수 있다는 망상이 이 상황의 무게감을 몰아냈다.

피에나르가 조심스럽게 검을 꺼내기 시작했다.

"단장님은 아마 이렇게 죽으셨을 겁니다."

마침내 피에나르가 검집에서 검을 모두 빼내었다.

"바로 이렇게 말입니다."

피에나르가 등져 있는 브놓 후작을 향해 검을 찔러 넣었다. 굉장히 민첩한 움직임이었으나 그 순간이 피에나르에게는 굉장히 더디게 흘러갔다.

하지만 피에나르는 흔들리지 않았다. 이전의 왕을 몰아내고 새로운 절대자가 군림하는 날이었다. 이 정도는 참을 수 있었다.

"어?"

하지만 피에나르는 뜻하는 바를 이룰 수 없었다. 분명 절벽에 걸치듯 서 있던 브농 후작이건만 그의 모습은 감쪽같이 사라져 버렸다.

검이 허공을 가르자 무게 중심이 흐트러진 피에나르가 절벽으로 떨어질 위기에 처했다.

피에나르는 허벅지와 허리에 힘을 주고 기형적으로 상체를 꺾어 절벽으로 떨어지는 것을 피했다.

'후. 다행이군.'

하지만 그런 생각은 그리 오래가지 못했다. 브농 후작이 싸늘한 눈으로 피에나르를 내려다보고 있었기 때문이다.

"아, 아버님…… 그것이…… 저, 그것이 아니오라."

피에나르는 자리에서 일어나 어떻게든 변명을 하려 했다. 하지만 방금 무리한 자세 때문인지 허리가 아파왔다.

"그렇게 아니기를 빌었거늘……."

브농 후작이 공허한 눈으로 하늘을 올려다보았다. 그리고 다시 피에나르를 보았을 때 그의 눈에는 복잡 미묘한 감정이 서려 있었다.

"아버님. 제 얘기를……."

"닥치거라."

브농 후작의 일갈이 천둥처럼 울렸다. 피에나르는 어느새 브농 후작의 한마디에 벌벌 떨던 예전으로 돌아가 있었다.

"대체 왜…… 무엇이 부족하기에 이런 짓을……."

브농 후작의 음성에는 깊은 고뇌가 서려있었다. 그의 얼굴은 공허하더니 점차 분노로 물들어갔다.

"대체 왜 이런 짓을 했느냔 말이다."

그의 음성이 데스로드를 울렸다.

피에나르는 고개를 숙이더니 이내 눈물을 글썽거렸다.

"왜…… 왜 냐고 물으셨습니까? 무엇이 부족하냐고요?"

피에나르의 얼굴에는 어느새 광기가 물들어 있었다.

"오히려 제가 묻고 싶군요. 아버지는 늘 형들이 먼저셨습니다. 언제 제게 따뜻한 말 한마디, 시선 한 번 주신적이 있으십니까? 제게 언제 기회를 주신적이 있느냔 말입니다. 언제나 늘 브니에르. 우리 브니에르. 저는 안중에도 없으셨습니다. 뭐가 부족하냐고요? 모든 게 부족합니다. 왜 이런 일을 꾸몄냐고요? 이대로 있다간 아버님과 형들의 등살에 치여 아무것도 못할 것 같기에 그리하였습니다."

피에나르의 눈물이 얼굴을 타고 내려와 바닥을 적셨다.

"제 잘못입니다. 아버님의 잘못입니다. 모두의 잘못입니다. 그런데 왜 제게만 뭐라고 하십니까."

브농 후작은 차마 대답을 할 수가 없었다. 자식이 어긋남에 어찌 부모의 책임이 없을까. 피에나르의 말에 한점의 틀림도 없었다. 자신도, 이번 일에 공범이나 다름없었다.

하지만 그렇다하여 피에나르가 저지른 일이 무마되는 것은 아니었다.

그는 왕국을 제국에 팔아먹으려 했으며 반역을 꿈꾸었다. 그 어떤 이유로도 씻을 수 없는 중죄인 것이었다.

"내 잘못이구나…… 내 잘못이야."

브뇽 후작이 다시 공허하게 하늘을 올려다보았다. 그는 아예 눈을 감아 버렸다.

"……."

눈물을 흘리던 피에나르의 눈빛이 순간 섬뜩하게 빛났다. 그는 아직 자신의 손을 떠나지 않은 검을 슬금슬금 치켜들었다.

그리고 조금 삐걱 대기는 했지만 준비해 놓은 작전을 실행했다.

서걱-.

살이 베이는 섬뜩한 소리가 절벽을 울렸다. 그리고 뒤이어 검이 바닥에 떨어졌다. 검병에는 검을 잡고 있던 피에나르의 손이 붙어 있었다. 그의 손은 몸에서 분리되면서도 검을 놓지 않고 있었다.

"내 잘못이야, 내 잘못. 너는 항상 분에 넘치는 것을 원했고 얻지 못하면 무슨 수를 써서라도 얻고야 말았지. 또 잔인하기는 이를데 없어 하루는 기르던 강아지가 자신을 물었다고 그 자리에서 토막을 내 죽이기도 했었지. 나는 그 모든 걸 알고 있었다. 그런데…… 내 자식이라는 이유로…… 측은한 마음에 그 모든 걸 덮어 주었다. 내 잘못이다. 그때 너를 바로 잡았다면 이렇게까지 망가지지는 않았을 텐데."

브농 후작은 다시 시선을 내려 피에나르를 바라보았다.

"지금이라도 늦지 않았다. 너를 왕실 수사대에 넘길 것이다. 그리하여 너의 잘못을 물을 것이다."

손이 잘린 공포에도 왕실수사대라는 말이 피에나르의 귓전을 울렸다.

"아, 아버님. 왕실 수사대가 어떠한 곳인지 잘 아시지 않습니까? 그곳에 가면 저는…… 저는."

"네가 어떻게 될지는 그곳에서 정하겠지. 만약 그들이 너를 죄인으로 취급한다면 그에 따라야겠지."

"안 됩니다. 안 돼!"

피에나르의 절규가 절벽을 울렸다.

NEO FUSION FANTASY STORY & ADVANTURE

LUNE

제 3 장

뜻밖의 기회

제 3 장
뜻밖의 기회

룬은 눈을 떴다. 끝없이 펼쳐진 하늘이 보였다. 날은 밝았지만 태양은 보이지 않았다.

주변은 풀숲이었다. 초록색과 노란색으로 물들은 풀들이 온 주변에 가득했다.

룬은 웅성웅성 대는 소리를 들을 수 있었다. 그것은 사방에서 들려왔다. 하지만 실체는 보이지 않았다. 룬은 그것이 인간의 것이 아님을 어렴풋 느낄 수 있었다.

ㅡ눈을 떴는가.

룬은 소리가 들린 곳으로 시선을 돌렸다.

활활 타오르는 인간의 모습을 한 정령. 이프리트가 공중에 조금 뜬 채 서 있었다.

룬은 기억을 더듬었다. 의식을 잃기 전 이프리트의 모습이 어렴풋이 보인 것이 기억이 났다.

"어떻게 된 거죠?"

ㅡ그대가 나를 부르지 않았나.

"……."

룬이 의아한 표정을 지었다. 아무리 기억을 더듬어 봐도 그런 기억은 없었다.

ㅡ스스로 의식하지 못한 채 강렬히 나를 원한 것이지. 나는 그 부름에 응한 것일 뿐이고.

"마지막에 제국의 기사들을 모두 죽이고, 에일리아님을 살려내 달라는 생각을 했어요. 그것이 이프리트님을 불러내는 역할을 했군요. 그건 달리 말해 불의 정령왕이라면 그 모든 것이 가능하다는 뜻이 아닌가요?"

ㅡ그것의 가능여부는 나를 소환한 것과는 전혀 무관한 일이야. 무의식적으로 내가 그러한 일을 할 수 있을 거란 너의 집념이 나를 부른 것일 뿐이니까.

룬의 얼굴이 순간 어두워졌다.

ㅡ하지만 그녀는 죽지 않았다. 죽어가고 있을 뿐이지. 죽은 자를 살리는 것은 나의 영역 밖의 일이나 죽어가는 사람을 살리는 것은 정령왕의 힘으로 가능할지도 모른다.

그 말에 룬의 표정이 밝아졌다.

"이러고 있을 시간이 없어요. 어서 가서 그녀를 구해야겠어요."

─서두를 것 없다. 이곳과 인계는 시간의 흐름이 다르다.
네가 한숨 푹 자고 일어나도 그곳의 시간은 눈 몇 번을 깜
빡일 정도로 아주 짧게 흐를 뿐이다.

그 말에 룬이 안심을 했다.

그러면서 다른 의문이 들었다.

"이곳은 정령계인가요?"

룬이 주위를 둘러보며 말했다.

─그렇다.

"소환자는 저인데 어째서 역으로 제가 소환된거죠?

─나는 아직 인계에 현신할 만한 힘이 없다. 하지만 너의
강렬한 의지가 너를 이곳으로 부른 거지.

"제가 정령계로 왔다해서 이프리트님의 힘이 강해지는
건 아니잖아요."

─물론 그렇다. 하지만 다른 가능성은 열려있지.

"다른 가능성이요?"

이프리트가 대답대신 허공에서 손짓을 했다. 허공에 문이
달린 듯 공간이 열리며 이글거리는 화염덩어리가 나왔다.

─선대 정령왕의 일부이다. 이를 흡수하면 순간적으로
정령왕의 모든 권능을 사용할 수 있다. 하지만 이는 인간
의 능력을 벗어나는 일. 이 힘을 흡수 할 수 있을지, 흡수
한 다음에 무슨 일이 벌어질 지는 아무도 모르는 일이다.

화염덩이리가 공중으로 날아와 룬의 손에 들어왔다. 그것은 룬의 손에 들어온 다음에도 여전히 활활 타올랐다. 하지만 뜨거운 느낌은 전혀 없었다.

"이프리트님께서 이것을 흡수하는 게 더 확실한 방법 아닌가요?"

—나 자신 자체가 이미 정령왕이기에 다른 정령왕의 권능을 받아들일 수는 없다.

알 듯 말 듯 아리송한 말이었다.

룬이 한참 동안 화염덩이리를 바라보았다. 기다림은 오래갔으나 이프리트는 재촉하지 않았다. 선택은 오로지 룬 스스로 해야 하는 것이었다.

"좋아요. 하겠어요."

마침내 룬이 마음의 결정을 하였다.

"제가 어떻게 하면 되죠?"

—정령왕의 권능을 받아들인다는 생각자체만으로 충분하다. 하지만 지금 네 몸으로는 무리다. 우선 정령과의 친화력이 있어야 한다.

"친화력이라는 건 어떻게 기를 수 있는 거죠."

—친화력은 타고나는 것이다. 노력한다고 얻어지는 것이 아니다. 너는 지금 아직 열어보지 않은 판도라의 상자와 같다. 이곳에서 지내다 보면 너의 친화력이 어떨지 자연스럽게 들어날 것이다. 그러니 초조한 마음을 버리고 기다려라.

"기다리는 것 말고는 다른 방법은 없나요."

−한 가지 있다면 불의 정령들을 네 힘으로 제압하는 것이지. 하지만 이는 불가능에 가까운 일이다. 정령의 능력은 인간으로써는 형언할 수 없이 강한 것이야.

"기록에 따르면 상급정령의 힘은 인간을 기준으로 7써클 마법사나 소드마스터에 준한다고 나와 있던데요."

−인간계에 현신한 정령은 반절이 넘는 힘을 잃게 된다. 소드마스터가 인간이 이룩한 최고의 경지라면, 인간은 아무리 강해도 상급정령의 힘에 반도 되지 않는 거다. 그리고 보통 인간과 정령이 만나는 곳과 다르게 이곳은 정령계라는 것을 명심해두거라.

룬은 문득 이프리트의 의사소통 능력이 이전보다 많이 좋아졌다고 생각했다.

아무튼 룬은 이프리트가 말한 방법이 불가능에 가깝다는 것은 알 수 있었다. 아무리 근래에 뛰어난 성취가 있었다지만 소드마스터보다 월등히 강하다는 생각은 들지 않았다.

−이곳에서의 시간은 네가 생각하는 것 보다 훨씬 더디게 흘러가니 초조해 하지 말고 기다리거라.

그 말을 끝으로 이프리트는 사라졌다. 이프리트가 눈앞에서 사라지는 것을 보며 룬은 새삼 신기함을 느꼈다. 정령왕과 맹약을 맺은 인간도 없었을 뿐더러 직접 정령계에 온 인간이 어디 있겠는가.

룬은 가부좌를 틀고 앉았다. 몸상태는 좋지 않았다. 요르망과의 결전으로 마나는 반이상 소모되었고 육체적으로 많은 무리가 가 있는 상태였다.

룬은 가부좌를 튼 채로 마나연공에 들어갔다. 자연스레 주변의 기운이 느껴졌다.

정령계는 인계에서 느껴보지 못한 신비한 기운으로 가득했다. 깊게 따지자면 그 역시 마나에 지나지 않지만 느껴지는 것이 사뭇 달랐다. 마치 인간의 손을 전혀 타지 않은 숲속에 있는 기분이었다.

상쾌한 기분과 달리 룬의 머릿속은 별의별 생각이 들었다. 준비가 되면 알 수 있다고 하는 데 지금으로써는 그 느낌이라는 게 어떤 건지 감도 잡히지 않았다. 한치 앞도 보이지 않는 어둠속에 있는 기분이었다.

아무리 이곳에 비해 인계의 시간이 더디게 흘러간다지만 에일리아는 촌각을 다투고 있는 상황이었다. 그런 상황에서 이렇게 여유를 부려도 되는 것인지 마음이 조급해졌다.

룬이 머릿속으로 이런저런 생각을 하는 사이 어느새 마나연공은 끝이 났다. 정령계의 정순한 마나 덕분에 생각보다 일찍 연공이 끝이 났다.

룬은 자신의 몸 속에 정령의 기운이 흐른다는 느낌이 들었다. 정령계의 마나를 받아 들인 탓일 것이다. 하지만 이것이 이프리트가 말한 친화력이 아니란 것은 알 수 있었다.

마나연공을 마친 룬은 웅성거리는 소리를 들었다. 사실 그것은 마나연공때에도 어렴풋 들려왔다. 하지만 연공이 끝난 지금은 인간의 목소리처럼 뚜렷하게 들렸다.

웅성거림은 정령에 의한 것이었다. 정령계의 마나를 받아들인 덕에 룬은 정령의 웅성거림을 더욱 또렷히 들을 수 있었다.

정령은 이방인인 룬에게 접근하지 못했다. 하지만 룬에게서 친숙한 느낌이 들었고 곧 모습을 드러내었다.

정령은 사자의 모습을 하고 있었다. 크기는 거의 집채만했으며 불의 정령답게 활활 타오르고 있었다. 불의 상급정령. 이그니스였다.

이그니스에게서 느껴지는 기운은 룬을 압도하기에 충분했다. 백문이불여일견이라고 직접본 상급정령의 위용은 감히 상상하기도 힘든 것이었다.

-그대는 인간인가?

룬의 머릿속으로 이그니스의 음성이 들렸다. 룬은 이와 비슷한 경험을 한 적이 있었다. 이프리트를 만났을 때도 그렇고 이전에 사부가 보여준 적도 있었다.

심언. 마음으로 대화를 하는 기술이었다. 단순히 마나를 이용해 언어를 전달해 주는 것과는 차원이 다른 경지였다.

심언은 아직 룬으로써는 경험해 보지 못한 경지였다. 사부 또한 고도의 집중을 한 상태에서 몇 마디 의지를 전달할 수 있는 게 전부였다.

하지만 이그니스는 마치 원래 심언으로 대화를 하는 마냥 자연스럽게 룬에게 말을 걸어오고 있었다.

"예. 맞아요."

룬은 대답하면서 이그니스가 알아 들을 수 있을까 걱정했다.

활활타오르는 저 모습에 귀가 있을지도 모르거니와 인간의 언어를 알리도 없을 것 같았다.

-왜 대답이 없나?

역시 이그니스는 룬의 말을 알아듣지 못했다.

-저는 아직 그렇게 말을 하는 법을 모릅니다.

룬은 마나술을 이용해 말을 전했다.

이그니스가 고개를 갸웃거렸다. 귓전에 무언가가 들렸기 때문이다. 하지만 무슨 내용인지는 알 수가 없었다. 심언과 다르게 마나술을 이용한 수법은 음성을 귓전으로 옮기는 것에 지나지 않기에 언어를 모르는 상대하고는 의사소통을 할 수 없었다.

-방금 나에게 말을 한 건가? 인간들은 모두 그렇게 말을 하나?

그 말에 룬은 머리를 긁적이며 웃었다. 그리고는 고개를 끄덕였다.

다행히 이그니스는 고개를 끄덕이는 행위가 무엇을 뜻하는지는 아는 눈치였다.

-인간들은 이상하게 대화를 한다.

인간인 룬의 기준으로 보자면 의지로써 대화를 하는 정령들이 더 신기한 것이었다.

-너에게서는 정령의 기운이 느껴진다. 그것도 아주 강한 정령이다. 너는 누구인가?

룬은 이그니스의 말에 의아함을 느꼈다.

'나에게 강한 정령의 기운이 느껴진다고?'

룬은 문득 품에 있는 정령왕의 일부를 떠올렸다.

-이것 때문인가봅니다.

룬은 품에서 그것을 꺼내 이그니스에게 보여주었다. 대수롭지 않게 한 행동이었다. 하지만 그것이 재앙을 불러 일으 킬줄은 꿈에도 생각지 못했다.

정령왕의 일부를 본 이그니스의 얼굴은 탐욕으로 물들었다.

-인간. 그것을 나에게 줄 수 있겠는가?

룬은 고개를 저었다.

-나에게 달라 인간.

다시 룬이 고개를 저었다.

-주지 않으면 잡아먹어 버릴 것이다.

섬뜩한 내용이었다. 또 실제로 이그니스라면 충분히 그럴만한 힘이 있었다. 하지만 룬은 설마 그러기야 하겠어, 하는 마음으로 대수롭지 않게 넘겼다.

하지만 룬이 계속 거부의 의사를 표하자 이그니스가 분노하기 시작했다.

사자의 깃이 삐죽 서는 것처럼 이그니스의 몸이 불타올랐다. 이그니스의 불길은 때론 그의 몸을 벗어나 바닥에 떨어지기도 했다.

몇 개는 룬에게도 튀었다. 하지만 정령왕의 일부가 그것을 흡수했다. 정령왕의 일부가 환하게 빛나기 시작했고, 정령계에 있는 모든 정령들이 그것의 존재를 알게 되었다.

"그래도 어쩔 수 없습니다."

룬은 두려움에 이그니스가 말을 알아들을 수 없다는 것을 잠시 망각했다.

이그니스는 룬이 뭐라 말하는 지 알지 못했지만 거절을 한다는 것은 느낄 수 있었다.

쿠오오--.

분노한 이그니스가 포효했다. 불덩이가 다시 사방으로 튀었다.

룬은 불덩이를 굳이 피하려 하지 않았다. 하지만 가까이에 오기 전부터 뜨거운 열기가 전해져 움직이지 않을 수 없었다. 더 이상 정령왕의 일부는 이그니스의 불기운을 흡수하지 않았다.

이그니스는 발톱을 세운 성난 사자처럼 룬을 향해 으르렁 거렸다. 그리고 그 집채만 한 몸을 룬을 향해 날렸다. 집채만한 몸집이 사라지듯 빨리 움직이는 것을 보니 어쩐지 현실감이 없어 보였다.

룬은 이그니스의 쇄도에 잠시 멍하다 이내 몸을 굴려 옆으로 피했다.

룬은 간담이 서늘해졌다. 이그니스가 몸을 움직이기 전까지만 해도 설마설마 하였다. 그래도 정령왕과 맹약을 맺은 소환자인데, 그 보다 하위정령인 이그니스가 어떻게 하겠어, 라는 마음이었다.

하지만 이그니스의 움직임을 보며 그런 안일한 생각은 이미 사라진지 오래였다.

룬이 정신을 추스르고 이그니스를 보았다. 이그니스는 어느새 앞발을 들어 룬을 내리 찍으려 하고 있었다.

룬은 파이어소드를 소환한 다음 점프를 뛰어 이그니스의 앞발을 향해 휘둘렀다.

이그니스가 아무리 강하다 한들 내심 어느 정도 유효타는 성립할 거라 생각했다.

하지만 파이어소드가 이그니스의 앞발에 닿은 순간 이그니스에게 흡수되듯 사라졌다. 아무런 타격을 주지 못한 것은 고사하고 오히려 상대방에게 힘을 보태준 꼴이 되어버렸다.

룬은 마나를 이용해 바닥에 떨어지는 충격을 완화시켰다. 그 사이 이그니스가 앞발을 내려찍었다. 룬이 뒤로 물러났다.

그러자 이그니스가 주둥이를 들이밀어 룬을 물어뜯으려 했다. 이그니스의 움직임은 빨랐지만 단순해 피하는 건 어렵지 않았다.

이그니스는 물고 앞발로 공격하고 계속해 룬을 공격해 나갔다. 하지만 룬은 그의 공격을 요리조리 피했다.

쿠오오-.

화가난 이그니스가 다시 포효했다. 사방에 불길이 일었다. 불길은 곧 룬을 덮쳐 왔다. 피할 곳은 없었다.

룬은 어느 순간부터 불에 대한 공포감이 없었다. 불은 친구이지 더 이상 위협의 대상이 되지 않았기 때문이다.

하지만 이번의 불길은 달랐다. 몸에 닿은 순간 뼈까지 녹아내려 흔적도 없이 사라질 것이다.

룬은 오러실드를 일으켰다. 거기에 베리어를 중첩캐스팅하였다. 설령 오러블레이드라 할지라도 뚫을 수 없을 만큼 견고한 막이 형성 되었다.

하지만 룬의 오러실드와 배리어는 불길이 채 닿기도 전에 균열이 일어났다. 룬은 이 정도 대처로는 불길을 막을 수 없음을 깨달았다. 문제는 이게 할 수 있는 최대한이라는 점이었다.

그럼 이대로 불길에 휩싸여 자신의 몸이 녹아내리는 것을 구경만 하고 있어야 하는 것일까.

끔찍한 생각이 드는 한편 문득 한 가지 생각이 들었다.

'저 불길은 인위적인 것이 아닌 불의 정령인 이그니스의 산물이다. 이곳은 정령계. 정령과 자연은 하나다. 자연의 마나를 다스릴 수 있는 정령왕의 권능으로 움직일 수 있을지도 몰라.'

그렇게 생각한 룬은 다가오는 불길을 의지로써 움직여 보였다.

룬을 옥죄여 오던 불길이 돌연 느슨해졌다. 하지만 룬이 원한대로 소멸되거나 이그니스가 있는 곳으로 되돌아 간 것은 아니었다.

불을 움직이는 이그니스의 의지, 그리고 룬의 의지가 싸우고 있었다.

본래라면 정령왕의 권능이 절대적이라 불길은 룬의 뜻에 따라야 했다. 하지만 정령왕의 권능이 인간을 통해 발현되기에 한계가 있을 수밖에 없었다.

룬을 향해 불길을 뿌리던 이그니스는 고개를 갸웃거렸

다. 갑자기 무언가에 막힌 듯 불길이 말을 듣지 않았기 때문이다.

이그니스는 더욱더 불길에 힘을 집중시켰다. 멈춰 섰던 불길이 다시 룬을 향해 움직였다. 이그니스가 만족스럽다는 듯 웃었다.

룬도 더욱 정신을 집중시켰다. 그러면서 한편으로 오러실드가 완전히 깨지지 않도록 신경을 썼다.

불길이 룬에게 왔다. 다시 뒤로 갔다를 반복했다.

이에 이그니스는 생각을 달리했다. 불길을 유지한 채 앞발을 들어 룬을 내리찍었다.

룬은 불기운 때문에 옴짝달싹할 수 없는 상황이었다. 이그니스의 저 무지막지한 물리적 공격을 막아낼 방법은 알지 못했다. 그저 자신을 향해 내려오는 거대한 발을 바라보는 것 말고는 할 수 있는 일이 없었다.

죽음의 위기에 처하면 그간의 삶이 주마등처럼 스쳐간다고 하던가.

그간의 삶은 아니지만 그 짧은 사이 룬의 머릿속으로 무수히 많은 생각들이 오갔다.

'자연의 마나는 파이어소드로 활용이 가능하다. 파이어소드는 불의 기운을 검의 형태로 모은 것. 그렇다면 다른 형태로 바꿀 수 있을 지도 모른다.'

룬은 엄청나게 많은 생각을 했지만 그 시간은 정말이지

찰나에 지나지 않았다.

룬은 곧장 생각한 바를 실행했다. 주변에 있던 불기운들이 룬의 몸으로 유입되었다. 그리고 룬의 손에 파이어소드로 발현되었다.

검의 형태를 하던 파이어소드는 이내 반죽처럼 평평하게 펴졌다. 그리고 상자처럼 변하여 룬을 감쌌다.

이그니스의 발이 룬이 만든 커다란 상자에 닿았다. 상자에 금이 갔다. 하지만 다행히 깨지지는 않았다.

이그니스는 몇 발자국이나 뒤로 밀려났다. 그리고 상자에 부딪친 곳이 아픈지 발을 동동 굴렀다.

후아-.

룬이 한숨을 쉬었다. 집중이 풀려서 일까. 룬을 감싸던 불의 상자는 다시 룬을 조여오던 불기둥으로 돌아갔다.

한차례 공세를 막아내기는 했지만 상황은 변하지 않았다. 주변에는 여전히 불기운이 득실거렸으며 당장이라도 룬을 잡아 먹을 듯 기세를 피우고 있었다.

참으로 아이러니한 상황이었다. 룬을 옥매여오는 저 불기운은 룬을 보호하는 역할을 해주기도 하고 룬을 죽일 살인기구가 되기도 했다.

하지만 분명한 건 방금까지 룬을 위협하기만 하던 저 불기운은 이제 어떻게 사용하느냐에 따라 충분히 무기가 될수 있는 것이었다.

어느새 발을 구르던 이그니스가 다시 정신을 추스렀다. 이그니스는 다시 포효하며 주둥이를 룬을 향해 들이밀었다. 룬은 방금과 같은 방법으로 그의 공격을 막으려 했다.

하지만 주변을 맴돌던 불기운은 요지부동이었다. 룬의 뜻대로 움직이지 않았다. 이그니스는 바보가 아니었다. 룬이 자신의 불기운으로 장난을 치는 걸 알고 조취를 취한 것이다.

룬은 망연자실했다. 본인이 가진 순수한 마나만으로는 저 무지막지한 이그니스의 공격을 막을 방도가 없었다.

'아-.'

이제 정말로 끝나는 건가. 정령왕이 원망스럽군. 하는 생각을 하고 있는데 이그니스와 똑같이 생긴 것이 나타나 그를 밀쳐냈다.

그것은 정령계에 살고 있는 또 다른 이그니스였다. 둘은 원수를 만난 것마냥 으르렁 거리며 서로를 물어 뜯고 할켜 댔다. 둘의 모습을 보자니 꼭 사자 두 마리가 싸우는 것 같았다.

'정령계에도 나쁜 정령과 착한 정령이 있는 모양이군.'

룬의 생각 대로 정령에게도 개성은 있었다. 하지만 뒤늦게 나타난 이그니스가 착한 정령이라는 생각은 잘 못 된 것이었다.

뒤늦게 나타난 이그니스 또한 룬이 가지고 있는 전대 정령왕의 산물이 탐이 났을 뿐이었다.

둘의 싸움이 한창인 가운데 룬은 슬금슬금 자리를 피했다. 하지만 그마저 여의치 않았다. 상급정령의 기세에 숨어 있던 중급정령 살라만다가 고개를 내밀고 있었기 때문이다.

살라만다의 크기는 인간만하고 모습은 용의 형상을 하고 있었다. 별로 크지는 않지만 그 안에 깃든 힘은 이그니스에 미치지 못할 뿐 인간으로써는 형언할 수 없이 강한 것이었다.

살라만다는 크기도 작고 별로 위협적으로 보이지도 않았지만 룬은 그가 모습을 드러냈을 때부터 잔뜩 경각심을 기울였다.

룬은 적당히 기회를 보다 윈드워크를 이용해 살라만다의 곁을 달아났다. 그를 본 살라만다가 새와 비슷한 소리를 내며 룬을 뒤따라갔다.

다행히 살라만다의 물리적 움직임은 룬을 압도할 만큼 빠르지 않았다.

하지만 이곳은 정령계였다. 그의 체력적 한계는 존재하지 않지만 룬은 이 속도로 얼마나 달릴 수 있을지 장담 할 수 없었다. 엎친데 덮친격으로 룬이 움직이자 숨어있던 다른 살라만다들이 대거 룬을 따라왔다.

룬은 슬쩍 고개를 돌려 그들의 수를 헤아려 보았다. 넷은 넘는 살라만다들이 뒤따라오고 있었다. 그들은 잠재적으로 정령왕의 일부를 노리는 공공의 적이지만 룬을 잡을 때까지 합심을 한 듯 서로를 공격하지 않았다.

추격전은 지겹게 이어졌다. 룬은 최대한의 속도로 움직이고 있었기에 많은 양의 마나를 소모해야했다. 그래서 얼마 움직이지도 않았는 데 벌써 마나에 경종이 울리고 있었다.

'잠깐이라도 운기를 할 수 있으면 좋을 텐데. 아니, 자연의 마나를 이용할 수 있다면…….'

룬이 그렇게 생각하고 있을 때였다. 급속도로 마나홀에서 빠져나가던 마나의 소모가 한 순간 멈추었다. 하지만 룬의 속도에는 전혀 변화가 없었다.

'어떻게 된 거지?'

룬의 궁금증은 오래가지 않았다. 자연에 퍼져 있던 마나가 윈드워크의 묘리로 발현되고 있다는 것을 깨달은 것이다. 갑자기 왜 이런 현상이 발생한 것인지는 룬도 알지 못했다.

정령계에서는 정령과 자연이 혼연일체였다. 룬에 의해 소모되는 마나는 곧 정령의 힘이었다. 그렇기에 살라만다들은 자신의 힘이 급속도로 빠져나가는 것을 느껴야했다.

힘이 빠져나가는 것에 놀란 살라만다들이 갑자기 브레스를 내뿜었다. 브레스는 룬에게 날아갔다. 하지만 룬에게 가까이 갈수록 브레스의 힘은 급격하게 약해졌다.

잠잠했던 정령왕의 일부가 다시 발동하여 브레스를 흡수한 것이다.

그 덕에 룬은 브레스를 정통으로 맞았지만 아무런 피해도 입지 않았다.

놀란 살라만다들이 너도나도 브레스를 내 뿜기 시작했다. 룬은 아예 움직이던 속도를 줄여버렸다.

브레스가 지척까지 다가오는 순간에도 위험하다는 생각은 전혀 들지 않았다. 실제로 브레스는 룬에게 아무런 피해도 주지 못했다.

룬을 쫓던 살라만다들이 돌연 움직임을 멈추었다. 룬도 그에 따라 움직임을 멈추었다. 살라만다들은 룬을 보고 있었다.

그러더니 돌연 룬을 향해 머리를 조아렸다.

같은 속성간에는 작은 차이가 절대적인 결과를 만들어 냈다. 그런 이유 때문에 하위 정령은 자신보다 상위 정령에게 절대적으로 복종했다. 철저한 양육강식의 논리였다.

살라만다들은 지금 그 논리에 따라 룬을 자신보다 상위의 존재로 인식했다. 그러한 근거는 간단했다. 자신들이 할 수 있는 최고의 공격을 받고도 무사했다. 또 룬에게서 자신들 보다 상위의 기운이 느껴졌다.

룬은 살라만다들이 자신을 향해 고개를 조아리는 것을 보았다. 갑작스럽게 변환 상황이지만 룬은 전혀 어색하지 않았다.

오히려 이전부터 그랬던 것처럼 살라만다들이 자신을 향해 당연히 고개를 조아려야 하는 존재들로 여겨졌다.

룬은 정령왕의 일부를 앞으로 내밀었다. 그리고 살라만다들을 향해 말했다.

"너희의 힘을 나에게 빌려다오."

방금 전까지만 하더라도 정령과 의사소통을 할 수 없었다. 하지만 이제는 달랐다. 룬은 보이지 않지만 정령들과 자신 사이에 고리 같은 것이 형성되어 있음을 느꼈다. 그것이 의사소통을 가능하게 해주었다.

룬의 명이 떨어지자 살라만다들이 하늘을 향해 치솟아 올랐다. 마치 불꽃놀이처럼 하늘이 반짝거렸다. 반짝거림은 곧 룬의 품으로 날아와 힘이 되어 주었다.

다시 지상으로 내려온 살라만다들은 힘을 소진해 불길이 모두 없어졌다. 그 모습이 꼭 털이 빠진 독수리처럼 보잘 것이 없어 보였다.

하지만 한숨 푹 자고 일어나면 다시 힘을 내는 인간들처럼 얼마 지나지 않아 그들도 다시 회복할 것이다.

"이제 가도 좋다."

룬이 손짓하자 살라만다들이 사방으로 퍼져나갔다.

신기한 일이었다. 방금 전까지만 해도 자신을 잡아 먹을 듯 달려들던 정령들이 이제 자신의 한 마디에 절대적인 복종을 하니 말이다.

'인간세계와 다르게 심플하고 괜찮군.'

내친김에 룬은 이그니스가 있던 곳까지 움직였다. 이그니스들의 싸움은 끝이 나 있었다. 한 이그니스가 바닥에 쓰러져 물이 스펀지에 스며들 듯 자연의 품으로 사라져가고 있었다.

싸움에서 승리한 이그니스의 상태도 그다지 좋아 보이지는 않았다. 물리적인 상처야 없지만 그에게서 뿜어져 나오는 기운이 많이 약해져 있었다.

크릉?

싸움에서 이긴 이그니스가 룬을 바라보더니 고개를 갸웃거렸다.

룬에게서 정령의 냄새가 났기 때문이다. 그리고 그 강렬함은 본인을 능가할만한 것이었다.

합리적인 생명체인 정령이라지만 그는 지금 이 상황을 곧바로 받아들일 수 없었다. 방금 전까지 한낱 인간이었던 룬이 갑자기 무시무시한 정령의 기운을 뿜어내니 쉽사리 납득 할 수 없었다.

이그니스는 포효를 하며 불기둥을 발산했다. 약해진 힘으로 쏘아낸 것이라 해도 불기둥은 얼마나 강한지 주변에

스파크처럼 불꽃이 일었다.

하지만 그 강력한 불기둥은 룬이 가지고 있는 정령왕의 일부에 그대로 흡수되었다.

크릉??

이그니스의 얼굴에 다시 의문이 떠올랐다. 정령계에 수천 년을 지내오면서 이와 같은 일은 처음 겪어 보는 것이었다.

이그니스는 룬의 품안에 있는 정령왕의 일부를 살폈다. 룬이 입고 있는 옷은 별다른 걸림돌이 되지 못했다.

크르릉-.

정령왕의 일부를 살핀 이그니스는 두려움에 휩싸였다. 그 안에 깃든 힘이 정령왕의 것과 다르지 않았기 때문이다.

이그니스는 곧 꼬리를 살랑살랑 흔들며 마치 재롱을 피는 강아지처럼 변했다.

살라만다도 그렇고 이그니스도 그렇고 정령이란 의외로 단순한 족속들이라 룬은 생각했다.

룬은 꼬리를 내린 이그니스에게 힘을 달라고 명했다. 이그니스는 당연하다는 듯 힘을 보내주었다. 힘이 빠진 이그니스는 명에 따라 룬의 시야에서 사라졌다.

"참 신기한 일이군."

룬은 정령왕의 일부를 내려다보았다. 처음 받았을 때보

다 더욱 영롱한 빛을 내고 있었다.

엄밀히 말하면 룬이 정령왕의 권능을 받아 들일만한 준비가 된 것은 아니었다. 그렇다고 본인의 힘으로 정령을 압도한 것도 아니었다.

이 정령왕의 일부가 모든 것을 한 것이었다.

하지만 이는 이프리트의 설명에 포함되지 않던 내용이었다.

그가 말하길 친화력이 생기든가 정령들을 제압할 수 있을 때 정령왕의 권능을 받아 들일 수 있다고 했다.

그렇다면 지금의 상황은 어떻게 받아들여야 하는 것일까.

'모르겠다. 아무리 이곳의 시간이 더디게 흘러간다지만 에일리아님이 있는 곳은 촌각을 다투고 있는 시점이야. 그냥 저질러 버리자.'

룬은 정령왕의 일부를 손에 꼭 쥐었다. 그리고 그를 받아들일 준비를 하였다.

정령왕의 일부에서 빛이 퍼져나갔다. 처음에는 약했지만 이윽고 온 주변을 다 비칠 만큼 강렬하게 빛났다. 룬은 손을 타고 강력한 불의 기운이 들어오는 것을 느낄 수 있었다.

그것은 생각보다 아늑한 느낌이었다. 이프리트가 말한 위험이란 존재 하지 않는 듯 했다. 하지만 이윽고 불의 기운은 룬의 전신을 엄습했다. 그것은 룬이 견디기에는 너무도 강력한 것이었다.

룬은 어떻게 손을 써보기도 전에 그대로 의식을 잃고 쓰러졌다. 준비가 되지 않은 자에게 정령왕의 권능은 너무 과한 힘이었다.

룬이 쓰러지자 물방울이 뭉치듯 이프리트가 모습을 드러냈다.

—전대정령왕의 의지가 스스로 깨어나려 할 것이라고는 생각지 못했군.

이프리트는 룬을 내려다보았다. 룬의 손에는 아직까지 정령왕의 일부가 쥐어져 있었다. 정령왕의 일부는 처음의 영롱함은 잃었지만 그럭저럭 빛이 나고 있었다.

—음…… 그래도 최초의 인간 맹약자인데 이렇게 허무하게 보낼 수는 없지.

이프리트가 손을 내밀었다. 정령왕의 일부가 이프리트의 손으로 날아갔다. 그의 손에 들어간 정령왕의 일부는 곧 이전의 영롱한 빛을 되찾았다.

그와 동시에 룬의 몸에서 붉은 가루 같은 것이 빠져 나와 이프리트에게 빨려 들어갔다.

이전 정령왕의 권능이, 현대 정령왕으로 현신하려 하고 있었다.

그것이 어떤 결과를 만들지 이프리트도 알 수 없었다.

NEO FUSION FANTASY STORY & ADVANTURE

LUNE

제 4 장

그녀의 행방

제 4 장
그녀의 행방

데이미안의 집무실에 토레논 공작과 데이미안이 나란히 앉아 있었다. 테이블 위에는 지도가 펼쳐져 있었고, 지도를 가리키며 토레논 공작이 설명을 해나가고 있었다.

"일전에 일러주신 대로 군사들을 헤지스 백작가에 포진해 두었습니다."

"포진도를 보니 배치된 병력이 그리 많지 않군요. 이 정도로 충분하겠습니까?"

"물론입니다. 북문과 남문은 대군이 움직일 만큼 크지 않기에 기본병력만으로 제어가 충분합니다. 문제는 동문과 서문인데 그곳에는 아처와 마법사를 대거 동원해 쥐새끼 한 마리 빠져 나갈 수 없을 겁니다. 혹시 몰라 네 곳의

문 의외에도 레인저를 매복해 두었으니 예상치 못한 변수에도 대응을 할 수 있을 겁니다.”

“흐음······.”

토레논의 설명을 들었음에도 데이미안은 만족스러운 모습이 아니었다.

“물론 이 병력으로는 헤지스성을 무너뜨릴 수 없겠지요. 정면 대결을 한다해도 필패할 것이고요. 하지만 성의 입구를 틀어막고 나오지 못하게 막는 것은 이 정도면 충분합니다. 이렇게 입구를 틀어막고만 있는 경우는 적의 전력에 5할 정도의 군사만 있어도 가능합니다. 더욱이 아처와 마법사까지 대동했으니 사실 필요 이상으로 준비한 셈이지요.”

데이미안은 평소 병법서를 멀리하는 편인데다 실제로 군사를 일으켜 전투를 해본적이 없기에 감을 잡기가 쉽지 않았다.

“공작님께서 그리 말씀하시니 그런 거겠지요.”

데이미안은 펼쳐진 지도를 접어 업무를 보는 테이블 위에 올려놓았다.

“다른 곳은 어떠한가요?”

“롱바텀가에는 체젠 백작과 에듀로우 백작이 똑같은 조치를 취해놓았습니다. 다른 세 영주의 세력은 이들에 비해 약한 편이라 아예 진압을 할 생각입니다.”

"그들을 제압할 만한 여유 병력이 있는 겁니까?"

"영지를 하사한다고 하자 생각보다 많은 귀족들이 군사와 자금을 지원했습니다. 특히 준 귀족들의 자금이 생각보다 많아 제법 괜찮은 용병들도 고용할 수 있었습니다."

"자금만 따지고 보면 준귀족들이 정통귀족들 보다 못할게 없지요. 그들은 거의 대부분 막대한 자금을 바탕으로 작위를 하사받은 것이니까요. 정통귀족이 아니라는 점, 특히 영지가 없다는 것이 그들의 유일한 컴플렉스니 득달같이 달려드는 것도 이해할 만한 일이지요. 거사가 잘 끝나고 나면 그들에 대한 보상도 보통의 귀족과 차등을 두지 말고 공평하게 배분해 주세요."

"알겠습니다. 하지만 일부 기득권층에서 반발이 있을지도 모릅니다."

"있겠지요. 하지만 토레논 공작님이라면 그들을 잠재울 수 있지 않습니까?"

데이미안이 차를 홀짝이면서 시선은 토레논 공작에게 두었다.

"자신은 없지만 노력은 해보죠."

"왕국은 주어진 땅이나 환경에 비해 인구가 많은 편입니다. 그런데다 이렇게 고립까지 되어 있는 상태에서 몇몇의 귀족들이 대부분의 자원을 차지한다면 머지 않아 분란이 일어날 겁니다. 그렇다고 귀족들을 없앨 수는 없는 노릇이니 아예 수를 많이 하는 방법도 괜찮겠지요. 특히 평민 출신들의 귀족이 많아 질수록, 자원의 분배는 효과적으로 이뤄질 겁니다."

토레논 공작은 대답이 없었다. 하지만 데이미안은 그가 자시의 말을 이해했으며 실행할 것이라고 생각했다.

토레논 공작은 자리에서 일어났다. 그리고 데이미안이 업무를 보는 테이블로 걸어갔다. 그곳에는 문서 하나가 있었다. 드워프가 한자 한자 정성을 들여 쓴 것처럼 이번 사건에 대한 것이 일목요연하게 정리가 되어 있는 문서였다.

"볼 때마다 느끼는 거지만 데카부네의 그림자로써의 능력은 정말이지 탁월한 것 같습니다."

데카부네가 문서를 보기 좋게 작성하는 것을 보고 한 말은 아니었다.

"그림자로써의 정보수집, 분석, 그리고 보고까지. 흠잡을 곳이 없습니다."

"그리고 그림자로써 무엇보다 중요한 건 본인을 드러내지 않는 겁니다. 그 점에서도 역시 그는 완벽합니다만, 얼마 전 작은 실수를 하고 말았죠."

"저는 데카부네의 존재를 데이미안님께서 알리신 거라고 생각했었는데요."

"그의 능력이 충분하다고 판명되면 물론 알릴 생각이기

는 했습니다. 하지만 그가 먼저 눈치를 챘죠."

"데카부네가 그런 실수를 다하다니. 보기 드문 일이군요."

토레논 공작은 들고 있던 문서를 다시 제자리에 두었다. 그리고 다소 근심어린 얼굴로 데이미안에게 말했다.

"전하께서는 이번 일에 관여하지 않으시는 겁니까?"

"예. 국왕전하의 일을 제가 처리해 온지는 꽤 되었죠."

"혹시 제가 모르는 지병이라도 있으신 겁니까?"

"글쎄요. 혈색도 좋으시고 앓은 소리도 않으시는 걸로 보아 그런건 없는 거 같습니다. 다만 조금 더 빨리 저에게 왕위를 물려주시고 싶으신 듯합니다. 이유는 모르겠지만요."

"왕국의 존폐가 달린 이번 일을 왕자님께 모두 위임하신걸 보면 그날이 가까워져 있다는 생각이 드는군요."

토레논 공작은 미노타우루스가 박제된 벽으로 걸어갔다. 그곳은 데카부네가 평소 은신해 있는 곳이었다.

"그렇다면 왕을 위해 일할 그림자가 더 필요하지 않을까 생각됩니다. 물론 데카부네의 능력이야 탁월한 것이지만 그 한 명으로 모든 걸 할 수는 없을 테니까요."

"좋은 재목이라도 봐 놓으신 겁니까?"

토레논 공작이 고개를 끄덕이며 데이미안에게 시선을 돌렸다.

"눈치가 빠르고 무엇보다 일선에 나서서 일하는 것을 꺼려 하는 사람 한명을 봐두기는 했죠."

"그게 누굽니까?"

"왕자님께서도 잘 알고 있는 자입니다."

"룬. 그 자를 말하는 거군요."

"예. 그 만큼 왕의 그림자에 적합한 인물은 없다고 생각되는군요."

"공작님께서 그에 대해 모르시는 게 하나 있군요. 그는 귀찮은 일에 얽히는 것을 싫어하기 때문에 왕의 그림자로써는 적합하지 않습니다. 그림자의 여러 덕목에 관해 이야기 했지만 묵묵히 왕의 일을 수행해야할 인내심도 필요한 것이니까요."

"혹여 왕자님께서 그와 일하는 것이 싫으신 것은 아닙니까?"

데이미안이 기분이 상한 듯 인상을 찌푸렸다. 하지만 이내 차를 한잔 마시며 원래의 냉정한 얼굴로 돌아갔다.

"그림자로써 덕목을 많이 언급했지만 정작 가장 중요한 건 왕이 그림자를 마음에 들어하느냐 아니냐하는 것 같군요. 아무리 능력이 뛰어난들 마음에 들지 않으면 모두 헛것이 아니겠습니까."

조금 돌려 말하기는 했지만 룬과 일하는 것이 싫다는 의미는 충분히 전달이 되었다.

"안타까운 일이군요. 저는 왕자님께서 조금은 그를 신뢰하는 줄 알았습니다만."

"신뢰하는 것과 마음에 드는 것은 엄연히 다른 일이지요. 물론 마음에 들지 않는다 하여 그의 공을 무마시키려거나 하는 건 아닙니다. 그가 어떤 일을 했으며 그로 인해 왕국에 어떤 이점이 생겼는지 국왕전하를 비롯해 대소신료들에게 알릴 겁니다. 그렇게 되면 그는 작위와 영지를 하사 받을 것이고, 자신의 영지에서 왕처럼 살아갈 겁니다."

그리고 더 이상 이 왕궁에서 그를 볼 일은 없겠죠. 라는 말은 굳이 하지 않았다.

토레논 공작은 생각보다 데이미안과 룬간에 감정의 골이 심하다는 것을 느꼈다. 그리고 그 골이 무엇 때문에 생긴 것인지 어렴풋 짐작이 되었다.

'왕자님께서도 에일리아의 마음을 눈치채고 계신게로구나.'

왕과 공작가의 결합이니 만큼 혼사가 당사자만의 문제라고는 할 수 없었다. 그렇다하더라도 토레논 공작은 당사자의 의사가 가장 중요한 것이라고 생각했다.

그런면에서 토레논 공작은 데이미안에게 미안한 마음이 있지만 한 발 뒤로 물러나 있을 생각이었다.

'부디 모두에게 상처가 되지 않았으면 좋겠건만……?'

❖

　룬은 에일리아를 껴안고 오열하다가 갑자기 의식을 잃
고 쓰러져 버렸다. 믿을 수 없는 건 그 다음에 벌어졌다.
룬의 모습이 갑자기 흔적도 없이 사라져 버린 것이다.

　신디아는 너무 놀라 룬이 쓰러져 있던 곳으로 달려갔다.
방금전까지 룬이 있었다는 흔적은 어디에도 없었다. 그녀
가 고개를 들어 주위를 둘러보았다. 주변에서는 여전히 병
장기 소리, 비명 소리로 난무했다. 하지만 룬의 모습은 보
이지 않았다.

　그런데 그때였다. 갑자기 대지가 진동을 하기 시작했다.
그리고 그녀는 보았다. 화염으로 만들어진 거대한 무언가를.

　번쩍――.

　그의 몸에 섬광과 같은 것이 튀어나와 온 주변을 뒤엎었
다. 그리고 그 빛이 사라졌을 때 그의 모습은 보이지 않았
다.

　주변은 고요했다. 병장기 소리도. 비명소리도. 서걱 하
며 살이 베이는 소리도 들리지 않았다.

　아카데미생들은 단잠이라도 빠진 듯 평온한 얼굴로 눈
을 감고 쓰러져 있었다. 제국의 기사들은 모두 불에타 흔
적만 간신히 남아 있었다.

　너무 충격적인 일을 연속으로 겪어 정신이 어떻게 된 건

가. 그렇게 생각하며 그녀는 눈을 비볐다. 하지만 변한 건 없었다.

아니, 변한 게 있긴 있었다. 갑자기 사라졌던 룬이 원래 있던 곳에 쓰러져 있었다.

'드디어 내가 미친 것이로구나.'

그 생각을 끝으로 그녀 또한 의식을 잃었다.

리프는 어른들의 만류에도 불구하고 마을을 벗어나 산책을 하고 있었다. 속이 꽉 막힌 어른들은 마을 밖을 나서는 것을 위험하다고해서 싫어했다. 그녀는 그런 어른들을 이해할 수 없었다.

"이렇게 조용히 사뿐사뿐 다니면 몬스터들을 만날일도 없고 위험한 것도 없는데 대체 뭐가 걱정인 건지 모르겠단 말이야."

그녀는 투덜거리며 나무와 나무사이를 가뿐하게 넘나들었다.

그녀는 천으로 만든 옷 대신 나뭇잎과 동물가죽으로 만든 옷을 입고 있었는데 그마저도 중요한 부위만 간신히 가린 정도였다.

몸을 시원하게 들어낸 것과 달리 머리에는 모자가 씌워져 있었다. 나뭇잎을 잘 엮어 만든 원뿔모양의 모자였다. 옆으로는 모자만큼이나 뾰족한 귀가 토끼마냥 뻗어 있었다.

쿠쿠궁─

그녀가 나무 사이를 넘나들고 있는데 갑자기 대지가 진동하였다. 그리고 형언할 수 없이 깅한 불의 기운이 산 전체를 휘감았다.

'이프리트.'

정령과 누구보다도 친숙한 존재인 그녀는 그것의 정체를 단박에 파악했다. 그녀는 곧 힘의 원천지를 향해 달려갔다.

그녀가 그곳에 도착 했을 땐 이미 상황은 끝이 난 상태였다. 많은 인간들이 죽어 있었고 정령왕의 모습은 보이지 않았다.

"자연의 품으로 돌아가길."

그녀는 죽은 인간들을 향해 목례를 하였다. 나쁜인간이든 착한인간이든 엘프인 그녀에게는 모두 매한가지인 존재였다. 특히 죽어서는 생전 그가 어떤 삶을 살았든 애도를 받아야 마땅하다고 생각했다.

목례를 하던 리프는 아직까지 정령왕의 기운이 남아 있는 것을 느꼈다. 그것은 꺼져가는 불씨마냥 아주 미약하여 이제야 눈치를 챌 수 있었다.

리프는 그 기운을 따라 움직였다. 그리고 그곳에는 남녀

한 쌍이 서로를 껴안은 채 쓰러져 있었다.

"누구지?"

그녀는 먼저 남자를 살펴보았다. 그리고 그녀는 놀라지 않을 수 없었다. 인간이라고 믿을 수 없을 만큼 강력한 기운이 그의 몸에 자리하고 있었기 때문이다.

하지만 그의 몸에서는 정령의 기운은 느껴지지 않았다. 아무리 그가 강하다 한들 친화력이 없으니 정령왕과는 무관한 인간이었다.

그녀는 옆에 있던 여자를 살폈다. 그리고 리프는 소스라치게 놀라고 말았다.

"어떻게 살아 있는 거지. 이미 죽었어야 할 몸인데."

자연과 가장 가까운 존재. 삶과 죽음에 대해 누구 보다 잘 아는 것이 엘프였다. 그런 그녀가 볼 때 이 여인은 이미 죽었어야 할 몸이었다. 하지만 여인은 미약하게나마 숨을 쉬고 있었다.

여인의 몸을 계속 살피던 리프는 그 이유를 알 수 있었다. 그녀의 몸에는 정령왕의 기운으로 가득했다. 그것이 여태껏 그녀의 목숨을 부지시켜주고 있는 것이었다.

"그렇다면 이 여자가 정령왕과 관련이 있는 건가."

생각이 그렇게 미치자 그녀는 여인을 등에 업었다. 그녀는 등에 업은 여인보다 더 말랐지만 아무것도 들지 않은 듯 가볍게 발걸음을 떼었다.

❖

신디아가 아픈 사람처럼 부르르 떨며 눈을 떴다. 머리가
조금 아프기는 했지만 몸 상태는 제법 괜찮았다.

'어떻게 된 거지?'

그녀가 화들짝 일어났다. 주변의 처참한 환경을 보며 그녀
는 지금까지의 일이 꿈이 아니었음을 다시 한 번 실감했다.

"깨어 나셨어요?"

신디아는 말이 걸려온 곳으로 고개를 돌렸다. 제이드가
초췌한 모습으로 물수건을 내밀고 있었다.

"우선 이거로 피 먼저 닦으세요."

신디아가 제이드가 내민 물수건을 받았다. 그러면서 말
했다.

"어떻게 된 거죠?"

"모르겠어요. 깨어나 보니 이렇게 되어 있더라고요."

원래라면 도륙의 대상이 되었어야할 아카데미생들은 멀
쩡했고 제국의 기사들은 모두 싸늘한 시체가 되어 바닥을
뒹굴고 있었다.

신기한 점은 이 현상을 목격한 사람이 한 명도 없다는
것이었다. 무슨 야단이 난 건지는 모르겠지만 아카데미생
들이 모두 혼절을 했기 때문이다.

"어떻게 이런 게 가능할 수 있는 거죠?"

"……"

제이드는 대답할 수 없었다.

신디아는 머리가 혼란스러웠다. 그녀의 상식으로 도저히 일어 날 수 없는 일이 일어난 것이다. 그녀는 의식을 잃기 전 기억을 더듬어 봤다.

화염에 불타고 있는 괴생명체가 있었다. 그리고 빛이 번쩍였고 깨어나 보니 이 상태였다.

"제이드님도 타오르는 괴생명체를 보셨나요?"

"괴생명체요? 글쎄요."

제이드의 얼굴에는 심각함이라고는 별로 찾아 볼 수 없었다. 그는 그저 자신이 살았고, 제국의 기사들이 죽어 있다는 사실에 만족하고 있는 모양이었다.

그런 그의 모습을 보며 신디아도 복잡했던 머리를 차분히 가라 앉혔다.

'그래 어차피 이건 내 상식으로 풀 수 없는 문제야.'

그렇게 생각하던 그녀는 에일리아와 룬의 존재를 떠올렸다.

"에일리아. 아니 룬님은 어디 있죠?"

"룬님은 아직 의식을 찾지 못하고 계십니다. 하지만 걱정하지 마세요. 배에 큰 상처를 입기는 했지만 생명에는 지장이 없으니까요. 그냥 의식만 찾지 못하고 계신 것 같아요."

"아. 다행이군요. 혹시 에일리아를 아시나요?"

"얼굴은 알고 있습니다."

"그녀가 어디있는지 아세요?"

"아니요. 그렇지 않아도 룬님께서 그분을 많이 생각하시는 것 같아 찾아보고 있었어요. 그런데 어디있는지 보이지가 않더라고요."

"흐음. 같이 찾아봐 주실 수 있으세요?"

"물론이에요."

둘은 곧 에일리아를 찾아 나섰다. 하지만 아카데미생을 한명한 명을 뒤져도 그녀는 찾을 수 없었다.

그때 지휘대장이 소리쳤다.

"자, 여러분들. 지금 이 상황이 얼마나 두렵고 혼란스러울지 잘 압니다. 하지만 우리는 살아남았습니다. 그리고 우리는 언제 다시 위험이 닥칠지 모르는 곳에 있습니다. 조금이라도 체력이 되시는 분들은 동료를 챙기고 이곳을 벗어나야 합니다."

지휘대장은 이 혼란스러운 상황에도 본연의 임무를 잃지 않고 있었다.

"이들은 어떻게 합니까?"

누군가 한 명이 죽어 있는 아카데미생을 가리키며 말했다.

"그들은 르니에르왕국의 귀족입니다. 당연이 그에 맞는

장례를 치러야 합니다. 하지만 우선은 이 자리를 벗어나느 게 먼저입니다. 시신은 나중에 수습해도 늦지 않습니다."

다들 지휘대장의 말에 동감하는 분위기였다. 기사들은 동료기사를. 아카데미생들은 의식을 잃고 쓰러진 아카데미생들을 등에 업고 산을 내려갈 채비를 하였다.

"아직 찾지 못한 사람이 있어요."

신디아가 소리쳤다.

"개인의 사정을 봐 드리기에는 상황이 너무 촉박합니다. 많은 사람이 죽었습니다. 또 죽을지 모릅니다. 우선은 이 자리를 벗어나야 합니다."

"하지만 그녀는……."

"설령 찾는 사람이 이 나라의 공주님이라고 해도 어쩔 수 없습니다. 정 그러시다면 이곳에 따로 남아 찾으십시오. 그것까지는 말리지 않겠습니다."

"이제 그만 하세요. 우선 산 사람이라도 살아야죠."

제이드가 우울하게 변한 신디아의 얼굴을 보며 달래는 투로 말했다.

그녀의 커다란 눈망울에 눈물이 그렁그렁 맺혔다.

제이드는 그녀와 에일리아가 대관절 무슨 사이일까, 하고 생각했다.

하지만 굳이 그것을 묻지는 않았다.

그녀의 눈물만 봐도 그녀와 에일리아가 얼마나 막역한 사이인지 짐작이 되었다.

어느새 지휘대장의 지시아래 아카데미생들과 기사들이 산을 내려가기 시작했다. 제국인중 유일하게 살아남은 애슐리 공주는 아직 의식을 찾지 못한 상태로 왕국의 기사들에게 포박당하여 수송되고 있었다.

제이드는 룬을 업은 채 그들을 뒤따랐다. 신디아가 여전히 눈물을 글썽이고 있자 그녀의 손목을 잡고 강제로 발걸음을 옮기게 했다.

족히 천년은 넘은 거대한 나무가 하늘을 향해 끝 없이 뻗어 있었다. 나무 중간 중간에는 구멍이 파져 있었는데 그곳이 바로 엘프들이 사는 곳이었다.

자연과 조화를 이루면서 살아가는 것이기도 하고 또 어찌 보면 자연을 훼손하며 살아가는 것처럼 보이기도 했다. 그럼에도 나무가 아직 조화라는 표현이 맞을 것이다.

"그러니까 저 인간이 정령왕을 소환했다는 것이냐?"

엘프들의 장로 네이처가 말했다. 그의 앞에는 리프가 조금 건방진 얼굴을 한 채 서 있었다. 바닥에는 그녀가 업고 온 여인이 쓰러져 있었다.

네이처가 여인의 곁에 다가가 그녀를 살폈다.

"에일리아? 독수리 문양이 있는 것을 보니 인간들 중에서 꽤 높은 지위에 있는 것 같구나."

그가 여인의 가슴부근에 새겨진 표식을 보며 말했다.

그는 마치 치한처럼 에일리아의 구석구석을 만졌다. 어찌 보면 안마를 하는 것 같아 보이기도 했다.

"그런데 이 인간에게서 정령왕의 흔적은 보이지 않는구나."

"그럴리가요."

리프가 얼른 다가와 에일리아를 살펴보았다. 구석구석 에일리아의 몸을 살피던 그녀의 얼굴은 대번 굳어졌다.

"이럴 리가 없는데. 분명 정령의 기운으로 가득했었는데. 정말이에요. 믿어주세요."

"그래, 리프야. 네 말을 믿지 못하는 건 아니란다. 네가 말은 좀 안 듣기는 해도 거짓말을 하는 아이가 아니란 건 잘 알고 있단다."

리프의 나이도 어언 백살이 넘어가고 있지만 천년을 바라보는 네이처에게는 아직 어린아이였다.

"하지만 애석하게도 이 여자인간은 정령왕과는 무관한 것 같구나."

리프의 얼굴에 실망감이 번졌다. 자신의 힘으로 마을에 도움이 되고 싶었는데 수포로 돌아가고 말았다.

"너는 정령왕과 맹약을 맺은 인간을 본적이 있느냐?"

"아뇨."

리프의 음성은 기어들어갔다. 아무리 정령왕의 기운이 숲속에 나타났었지만, 무작정 그곳에 있던 인간과 연관 짓는 게 말이 되느냐, 질책하는 것 같았다.

"오, 리프야. 너를 나무라려는 게 아니란다. 내 말은 설령 정령왕과 맹약을 맺은 인간이 있다 하더라도 아직 너의 견식으로는 그것을 알아차릴 수 없을 지도 모른다는 뜻이었단다. 더욱이 역사상 인간과 맹약을 맺은 정령왕은 아직 없으니 정령왕이 인간과 연관이 있을 거란 보장은 없을 거 같구나."

그 말에 리프의 얼굴이 조금이나마 펴졌다.

"아무래도 그곳에 가봐야 할 것 같구나. 그곳이 어디인지 기억하고 있겠지?"

"물론이에요."

그들은 전투가 벌어졌던 현장으로 걸음을 옮겼다. 마을에서 꽤 멀리 떨어진 곳이었지만 워낙 발이 빠른 엘프이기에 해가지기 전에 원하는 곳에 도착 할 수 있었다.

네이처는 처참한 전장의 현장으로 들어갔다. 전장을 살필수록 그의 눈빛은 예리하게 빛났다. 전장엔 은빛갑주를 입고 있는 자들이 이곳저곳에 널부러져 있었다. 모두 불에 의해 당한 자들이었다.

"생존자는 보이지 않는구나. 정령왕의 흔적도 보이지 않고."

"이상한 일이네요. 분명 의식을 잃고 있었지만 산사람들이 있었는데."

리프의 말에는 자신감이 없었다. 어쩐지 하는 말마다 맞는 것이라고는 하나도 없었다. 이래서야 꼭 거짓말을 하고 있는 것 같았다.

"아마 정신을 차리고 안전한 곳으로 피신을 한 것이겠지."

네이처는 딱히 인간들에 대해서는 관심이 없는 듯 했다.

그는 전투의 현장을 천천히 둘러보았다. 대충 보는가 싶다가도 허리를 숙여 직접 손으로 만져 보기도 하고 어떤 곳은 한참동안이나 살펴보기도 하였다.

그렇게 현장을 살피던 그의 눈이 돌연 부릅 떠졌다.

"왜 그러세요? 뭐라도 찾으신거에요?"

리프가 쪼르르 달려와 네이처에게 말했다.

네이처는 대답도 없이 바닥을 내려다보고 있었다. 이윽고 그가 손을 뻗었다.

그의 손에 돌맹이 하나가 쥐어졌다. 옅은 회색빛이 나는 돌맹인데, 희미하게 붉은 빛이 감돌기도 했다.

"그게 뭔가요?"

네이처는 대답대신 그것을 리프에게 건네주었다.

돌맹이를 받아든 리프는 너무 놀라 그것을 떨어뜨릴 뻔하였다.

"정령왕의 기운이 느껴져요."

"그래. 오래전 일이지만 맹약이 아닌 다른 매개체를 통해 정령왕이 현신을 한다는 이야기를 들을 것 같구나."

하지만 네이처의 얼굴은 여전히 어두웠다.

"왜 그러세요?"

"정령왕이 현신했다는 사실만 증명해줄 뿐 이것만 가지고는 아무것도 할 수가 없단다. 이것의 주인을 만나지 않는다면 모를까."

그 말에 리프가 생각에 잠겼다.

"이게 어디에 떨어져 있었죠?"

"이곳에 있었단다."

네이처가 돌맹이를 주운 곳을 가리켰다.

"음…… 역시."

"왜 그러느냐?"

"이곳이 제가 그 인간여자를 발견한 곳이에요."

"그렇다면 네 말대로 그 여자인간과 정령왕간에 관계가 있을 수 있겠구나."

네이처의 얼굴에 화색이 돌았다.

"일단 마을로 돌아가 그 여자를 만나보자꾸나."

네이처와 리프가 마을로 돌아왔을 때 에일리아는 의식이 돌아와 있는 상태였다.

"정신이 좀 드시오?"

명확한 발음은 아니었지만 분명한 인간의 언어였다.

"예. 이곳은 어디죠?"

"엘프들의 마을이라오."

네이처가 대답했다.

"풋―."

에일리아가 갑자기 웃음을 터트렸다.

누가 봐도 인간이 아닌 그에게서 인간의 언어가 나오는 것이 어딘지 희극적으로 보였다. 더군다나 저런 격식 있는 어조라니.

"아, 죄송합니다."

"괜찮소이다."

네이처가 손사례를 치며 말했다. 그 모습 또한 에일리아의 웃음보를 자극하기에 충분했다. 하지만 인종을 떠나 상대 앞에서 너무 웃는 것도 예의가 아니기에 가까스로 참아 냈다.

"인간의 언어를 사용한 건 꽤 오랜만이라 우스워 보일 수 있소. 웃기거든 굳이 참을 필요 없소."

"아닙니다."

문득 에일리아는 이 상황이 현실감에 없다는 생각이 들

었다. 오거와 격전을 벌이고. 제국의 기습을 받고. 칼에 찔리고…… 그리고 깨어나 보니 엘프의 숲이었다.

"그런데 왜 제가 이곳에 있는거죠?"

"아. 그건 말이오……."

네이처가 그녀가 이곳에 오게 된 경위를 설명해 주었다. 이야기를 듣던 와중 에일리아가 네이처의 말을 끝었다.

"저는 정령왕은커녕 하급정령도 다루지 못해요. 그런데 정령왕이라니 말도 안 돼요."

"이것이 당신게 아니오?"

네이처가 전장에서 주운 돌맹이를 내밀었다.

"이건 뭐죠? 그냥 돌멩이 같은데."

"혹시 이게 누구 건지 아시는 바가 없소?"

"예."

"흐음."

네이처가 낮게 신음했다.

"이 여자 옆에 남자가 쓰러져 있었어요. 혹시 그 남자의 것은 아닐까요?"

리프가 중간에 끼어들었다.

엘프어로 말한 것이기에 에일리아는 리프가 무슨 말을 하는지 알아들을 수 없었다.

"그럴 수도 있겠구나."

네이처가 엘프어로 대답했다. 그리고 다시 인간의 언어

로 에일리아에게 말했다.

"이 아이의 말에 의하면 당신이 옆에 남자 한명이 쓰러져 있다 하였소. 혹여 그가 누군지 아시오?"

"글쎄요…… 의식을 잃은 후의 일이라 잘 모르겠네요. 인상착의를 말씀해 주세요."

네이처가 어서 얘기해 보라는 듯 리프에게 바라보았다.

리프는 어눌한 억양으로 인간의 언어를 내뱉었다.

"금발에 푸른눈을 가지고 있었어요. 피부는 희고 가죽 갑옷을 입고 있었던 것 같아요."

"흐음."

금발에 푸른눈. 그리고 가죽갑옷을 입고 있는 사람은 너무도 많아 한 명을 콕 짚어 말하기는 어려웠다. 하지만 에일리아는 그 남자가 룬이 아닐까 하고 생각했다.

에일리아가 그렇게 생각하고 있을 때 리프가 뭔가 더 생각 난 듯 부연설명을 덧붙였다.

"아. 그러고 보니 특이한 게 있었어요. 금발이지만 새치가 나는 것처럼 머리뿌리는 붉은 빛이 감돌았어요. 그리고 눈도 푸르긴 했지만 꼭 충혈 되기라도 한 것처럼 붉은 빛이 보였어요."

"그게 정말이더냐?"

반응을 보인 건 네이처였다.

"예, 예. 한데, 왜 그러세요?"

네이처의 반응에 놀란 리프가 얼떨떨하게 대답했다.

"전대 장로님께서는 대게의 엘프들이 그렇듯 금발에 금색 눈동자를 지니고 계셨다. 하지만 불의 정령왕과 맹약을 맺은 후에 점점 머리와 눈빛이 붉게 물들어갔지."

네이처의 얼굴에 벅찬 감정이 떠올랐다.

"아무래도 그자가 우리가 찾던 인간인 것 같구나."

네이처는 다시 인간의 언어로 에일리아에게 말했다.

"그자가 누군지 아시겠소?"

"예. 이제는 확실히 알 것 같아요."

얼마전부터 룬의 눈이나 머리에서 붉은 빛이 감도는 듯한 느낌을 받았었다. 그런데 이들의 말을 듣고 보니 착각이 아닌 듯 싶었다.

"나를 그에게 데려다 줄 수 있겠소?"

"같은 아카데미에 다니니 그건 어렵지 않은 일이지만……. 그분은 저와 같은 검사에요. 그분 역시 정령은 전혀 다룰지 모르시는 분이세요."

에일리아는 아무래도 네이처가 헛다리를 짚은 것 같았지만 네이처의 얼굴이 너무 절실하여 룬을 직접 만나보지 않는 이상 어떤 말도 통하지 않을 거란 생각이 들었다.

"알았어요. 저와 함께 그를 만나러 가요."

"고맙소이다."

네이처의 얼굴에 화색이 돌았다.

"그런데 뭣 하나 물어봐도 될까요? 뭣 때문에 그렇게 정령왕에 연연하시는 거에요?"

"그건 우리의 안전과 관련된 일이오. 이 엘프의 숲에는 보이지 않는 막이 형성되어 있소. 그 때문에 외부의 위험으로부터 안전을 보장받는 것이오. 그 막을 유지하기 위해서는 막대한 에너지가 필요한데 그 동안 정령왕의 힘을 빌려오고 있었소."

도중에 네이처는 씁쓸한 얼굴을 한 채 잠시 뜸을 들였다.

"그런데 얼마 전 원로이신 지부다님께서 자연의 품으로 돌아갔소. 그분은 정령왕과 맹약을 맺은 유일한 엘프였소. 그 분이 자연의 품으로 가신 후 몇 번이나 정령왕의 힘을 빌리려 했지만 모두 실패하고 말았소."

에일리아는 괜히 미안한 마음이 들었다.

"안전과 연관이 된 일이라니 서두르셔야 되겠군요. 지체하지 말고 지금 바로 그를 만나러 가시죠."

"당신은 지금 막 깨어났소. 조금 더 쉬시오."

"저는 괜찮아요."

빈말이 아니었다. 끔찍한 일들을 겪고, 심지어 검에 베이기 까지 했는데 이상하게 몸을 멀쩡했다. 오히려 알 수 없는 힘이 흐르는 것 같기도 하였다.

"흐음. 그럼 염치 불구하고 신세를 지겠습니다."

이리하여 엘프가 실로 오랜만에 인간 세상에 나가게 되었다.

NEO FUSION FANTASY STORY & ADVANTURE

제 5 장

뜻밖의 정보

제 5 장
뜻밖의 정보

데이미안은 산처럼 쌓여진 서류더미를 한 장 한 장 훑어
보고 있었다.

잘 정돈 되어 있는 그의 머리에는 윤기가 흘렀으며 피부
는 맑았다. 모습만 봐서는 그가 며칠 동안 잠 한숨 제대로
자지 못한 사람이라고 보기 힘들 정도였다.

데이미안이 막 다음 서류더미를 검토하려 하는데 밀실
의 문이 열리며 데카부네가 들어왔다.

"애틀란에서 전갈이 왔습니다."

"어떻게 되었다고 하는가?"

"브농 후작님의 셋째 아들인 피에나르가 반란을 일으키
려 했다고 합니다. 다행히 후작님께서 이를 막으셨고 피에나르는 현재 왕실수사대로 수송중입니다."

"왕실수사대?"

"예."

"아무리 큰 죄를 저질렀다지만 자기 자식인데 예상외군."

"평소 후작님의 성정을 봤을 때 그리 놀랄 일도 아니지요."

"하긴. 후작님의 충정이야 따라올 사람이 없지."

"접전지역을 맡고 있는 후작에게 가장 필요한 덕목은 충정이요, 브눙 후작님이야말로 그에 가장 적합하신 분이라고 국왕전하께서 늘 말씀하셨죠."

"후후. 아버님께서 그런 말씀을 하셨나."

아틀란의 일이 잘 해결되어 만족스러운 지 데이미안의 얼굴에 미소가 번졌다.

"그래서, 제국군은 어떻게 됐다고 하는가?"

"거의 몰살 수준이라고 합니다."

"시체더미로 인해 데스로드의 지반이 한층 높아지겠군. 전보다 더욱 이름에 걸 맞는 곳이 되겠어."

반쯤 농담으로 한 이야기지만 데카부네는 웃지 않았다. 워낙 섬뜩한 내용이기도 하거니와 원래 잘 웃는 성격도 아니었다.

"그건 그렇고 반란군들의 동향은 어떠한가?"

"헤지스 백작가와 롱바텀백작가는 완전히 포위된 상태입니다. 그리고 린텐, 오환영주는 이미 제압하였고 트리타나가는 기회를 엿보고 있는 중입니다. 제국군이 없는 이상 나머지 세 영지를 무너뜨리는 것도 시간문제입니다."

데이미안이 만족스러운 듯 고개를 끄덕였다.

"사절단은 어떻게 되었나."

"그것이……."

데카부네가 곤란한 얼굴이 되었다.

십만이나 되는 제국군도, 오만여에 달하는 반란군도 모두 제압되었다. 이제 남은 건 사절단뿐인데 무슨 문제가 있는 걸까.

"그들을 제압하는 것은 어렵지 않은 일이었습니다. 한데……."

"무슨 일이기에 그리 뜸을 들이는 건가?"

"그것이 정확한 건 아니지만 몬스터토벌에 나간 제국군이 룬님과 이자벨리아님을 인질로 잡고 있다고 합니다."

"뭣이?"

감정을 드러내는 일, 특히 놀라는 일이 극히 드문 데이미안이었지만 데카부네의 말에는 좀처럼 가슴을 진정시킬 수가 없었다.

데카부네는 상황설명을 하기 시작했다. 제국의 기사들이 신분을 숨기고 평기사복을 입고 몬스터 토벌에 나간 것. 그곳에서 아카데미생들을 모두 죽이고 신디아와 룬을 인질로 잡은 것.

"알아본 바로 브라운댄 백작의 말처럼 소드마스터인 요르망과, 그의 수제자 메라헨센이 보이지 않았습니다. 나이트의 칭호를 받은 대거의 기사들 보이지 않습니다."

"흐음……."

데이미안은 신음만 흘릴 뿐 어떠한 대안도 내놓지 못했다.

"그래서 그들이 원하는 게 뭔가?"

"제국으로의 무사 귀한입니다."

"……."

데이미안이 한숨을 내쉬며 양손으로 얼굴을 할퀴듯 쓸어내렸다.

데이미안이 마음을 정리할 시간을 줄만도 한데 데카부네는 기다리지 않고 다음 말을 이었다.

"어떻게 하실 생각입니까?"

"우선 그 말의 진위여부를 밝히는 게 먼저야. 만약……."

그는 다시 곤란한 듯 말끝을 흐렸다.

"그 말이 사실이라면 요구에 응해줘야겠지. 지금 당장

산맥으로 사람을 보내 말의 진위여부를 파악하게."

하지만 데카부네가 굳이 그러한 수고를 할 필요는 없었다. 몬스터토벌에 나갔던 인원들이 데카부네가 떠나기 전에 왕궁으로 귀환하였기 때문이다.

무사히 귀환한 아카데미생들 중에는 신디아도 있었고 오히려 제국의 공주인 애슐리가 포로의 신세가 되어 있었다. 비록 많은 수의 아카데미생과 교관, 그리고 기사들이 죽긴 했지만 불행중 다행이라 데이미안은 생각했다.

하지만 진정한 불행은 늘 방심할 때 다가오기 마련이었다. 그 어디에도 에일리아의 모습은 보이지 않았다.

고급 스러운 침대위에 룬이 누워 있었다. 그 옆에는 신디아가 걱정스런 얼굴로 룬의 머리를 쓰다듬고 있었다. 그 손길을 느낀 것인지 마침내 룬이 눈을 떴다.

"어머, 깨어 나셨어요?"

신디아가 놀라며 룬의 머리에서 손을 때었다.

룬은 잠시간 눈을 깜빡 거렸다. 그리고는 상체를 일으켰다.

"어떻게 된 거에요?"

"모르겠어요. 갑자기 활활 타오르는 괴생명체가 보였고,

의식을 잃었어요. 깨어나 보니 제국의 기사들은 모두 죽어 있는 상태였어요."

신디아는 그때의 일을 떠올리니 아직까지 신기한 마음 이 가시지 않았다.

'다행이 정령왕의 권능이 제대로 발휘된 모양이구나.'

룬은 정령왕의 권능을 받아들인 뒤 바로 의식을 잃었다. 그래서 혹여 일이 잘 못 되지 않았을 까 걱정했다. 하지만 신디아의 말을 들어보니 설령 의식을 잃고는 있었어도 일 은 잘 처리 된 모양이었다.

"에일리아님은요?"

에일리아라는 말을 듣자 신디아의 얼굴이 급격하게 굳 어졌다.

"모르겠어요."

"모르겠다니요?"

"어디에도 보이지 않아요. 살았는지, 죽었는지조차 모 르고 있어요. 살아 있었으면 좋겠지만……."

"살아있을 겁니다. 아니, 살아 있습니다."

룬은 정령왕의 힘을 믿었다. 그녀가 어디 있는지는 모르 지만 살아 있다고 확신했다. 자신이 갑자기 정령계로 사라 진 것처럼 그녀 또한 어디로 가버린 것일 뿐. 살아 있는 것 은 분명한 것이다.

"그래요. 저도 그렇게 믿을게요."

신디아는 룬이 자신을 위로한다고 생각했다.

"저는 이만 가봐야겠어요."

"벌써요? 몸이 성치도 않으실 텐데 더 누워 있다가 가세요."

"아니, 괜찮습니다."

룬이 이불을 걷고 침대에서 걸어 나왔다. 그때 신디아가 룬의 손을 붙잡았다.

"무서워서 그래요. 이곳이 아니라도 좋으니 같이 있어주세요."

"……."

룬이 신디아를 물끄러미 바라보았다.

'그렇구나. 아무리 그녀가 한 나라의 공주라지만 그런 일을 겪었으니 많이 힘들었겠지.'

"이곳은 답답하니 나가서 산책이라도 할까요?"

"좋아요."

신디아가 방긋 웃으며 룬을 뒤따라갔다.

왕궁내에는 정원이 꽤 많았다.

그리고 신디아는 그 중에서 가장 경치가 좋은 곳을 알고 있었다.

바람이 잘 통하고 풀과 꽃냄새가 은은히 풍기는 곳이었다.

하지만 막상 정원에 도착은 그녀는 마냥 기분이 좋지 못했다.

친구인 에일리아의 생사도 모르는 마당에 이런 정원에
나와 바람을 쐬는 것이 맞는 건지 죄책감이 들었다.

그것을 눈치 채고는 룬이 달래듯 말했다.

"에일리아님은 무사하십니다. 절 믿으세요."

"룬님이 그걸 어떻게 아시죠? 절 위로하려고 하시는 말
씀이라면 그러지 않아도 되요. 룬님의 말이 사실이었으면
좋겠지만⋯⋯."

"전⋯⋯ 알 수 있어요. 마지막에 에일리아님의 곁에 있
던 게 저잖아요. 검에 베이고 의식을 잃으셨지만 생명에는
지장이 없으셨어요. 단지 큰 상처를 입으신 것뿐이에요."

룬이 신디아의 눈을 똑바로 쳐다보았다. 신디아는 룬의
그런 눈빛을 신뢰했다.

"하지만, 에일리아는⋯⋯ 분명 급소를⋯⋯."

그녀는 보았다. 낯선 이의 검이 에일리아의 급소를 베는
것을.

"어차피 들통 날 거라면 잠깐의 위로를 위해 왜 이런 거
짓말을 하겠어요. 그 뒤에 더 처절한 아픔이 올 텐데요. 그
때는 혼란스러울 때였어요. 그런 상황을 처음 겪는 사람이
라면 누구든 그러할 거예요. 신디아님은 그때 너무 큰 충
격에 빠지셨고 그 때문에 끔찍한 환영을 봐버린 거예요."

"정말 그럴까요?"

"그럼요."

"에일리아가 무사하다면 어째서 모습이 보이지 않는 걸까요?"

"반대로 생각해 보세요. 무사하지 않았다면 왜 모습이 보이지 않겠습니까? 그녀는 책임감이 강한 사람입니다. 모두가 의식을 잃고 쓰러져 있는 가운데, 먼저 산을 내려와 도움을 청할 생각을 했을 수도 있을 겁니다. 성한 몸이 아니기에 먼저 떠났지만 아직 왕궁에 도착하지 않을 걸 수도 있고, 중간에 다른 영지에 들렸을 수도 있겠죠. 복잡하게 생각할 거 없습니다. 그녀는 살아 있으니까요."

룬의 눈빛은 빛이 났고 신디아는 그 눈빛을 이전처럼 신뢰할 수 있었다. 신뢰감과 함께 마음의 안정이 찾아왔고 무거웠던 몸과 마음이 조금 가벼워지는 것 같았다.

"룬님을 보면 참 신기한 생각이 들어요. 연회장에서도 그랬어요. 룬님은 마치 그러한 것들을 많이 겪어본 사람처럼 침착하시죠. 오늘도 마찬가지예요. 그리고 저는 룬님이 제국의 기사들을 손쉽게 제압하는 것을 보았어요. 그건 분명해요. 절대 환상이 아니었어요."

신디아는 룬을 보았다.

룬은 시선을 하늘로 두고 있었다.

"룬님은 대체 뭐를 숨기고 계신 거죠? 리오도르님은 그것을 알고 계신가요? 그래서 룬님을 특기생으로 받아 들이신 건가요? 이상했어요. 아무리 생각해도 룬님을 특기생으로 받아들일 이유를 찾지 못했거든요. 하지만 제가 모르는 무언가 있는 거라면, 리오도르님의 행동이 납득이 갈 것 같군요. 말해보세요."

룬은 시선을 다시 아래로 내렸으나 신디아를 바라보지는 못하고 있었다.

"저는 신디아님에게 제가 검술도 별볼일 없고 실전경험도 전혀 없는 애송이라고 말한 적이 없습니다."

룬이 조금 천천히 앞으로 걸어나갔다.

"백작가의 버려진 자식, 망나니, 호색한. 저에 대한 소문을 알고 있었습니다. 그건 제 모습이 아닙니다. 하지만 그들이 저를 어떻게 생각하든 저는 그것을 해명하지 않았습니다. 숨긴 게 아니라 굳이 들어내지 않았을 뿐입니다."

신디아는 룬의 말에 수긍이 되면서도, 한편으로는 속은 것 같기도 하고, 서운한 마음도 들었다.

"그럼 룬님에겐 저 또한 스쳐지나가는 한 사람에 지나지 않는 건가요?"

"그건……."

룬은 말끝을 흐렸다. 솔직한 마음을 이야기 한 것이지만 받아들이는 신디아의 입장에서는 서운할 만하다는 생각이 들었다.

"물론 아닙니다. 그랬다면 이렇게 제가 해명을 하는 일도 없겠지요. 연회장에서 신디아님을 따라 갈 일도 없었을 것이며 이번 일도 그냥 제 한 몸 간수하고자 몸을 뺐으면 그만이었습니다. 하지만 그러지 않았죠. 그건 신디아님이나 에일리아님이 저에게 소중한 사람이기 때문입니다."

그녀는 룬의 대답이 싫지 않은 지 얼굴에 살짝 홍조를 띠며 괜히 바닥을 훑어보았다.

"제가 소중한 사람이라면 말씀해주세요. 룬님은 얼마나 더 대단한 힘을 숨기고 있는 거죠?"

그녀의 음성은 조금 사근사근해져 있었다.

"보신대로 제국의 기사들을 이길 정도는 됩니다. 뭐, 그 중에 소드마스터도 있었으니 나름 강하다고 할 수 있겠죠."

룬이 머리를 긁적이며 대답했다.

시원한 대답은 아니었지만 신디아는 나름대로 대답에 만족을 한 눈치였다.

"아직까지 더 숨기고 있는 무언가가 있는 거 같군요. 하지만 더는 묻지 않을게요."

하면서 그녀는 커다란 동작으로 기지개를 폈다.

"저는 우리가 꽤 각별한 사이라고 생각해요. 사실 관계에 있어서 기간이 꼭 중요한 것만은 아니잖아요. 비록 우리가 안 건 얼마 되지 않았지만, 룬님은 저의 정체에 대해 알고 있고 또 연회장에서…… 그리고 몬스터토벌에서…… 정말이지 많은 것을 겪었죠."

천천히 걷다보니 둘은 어느새 정원 끝 쪽에 다다라 있었다. 그곳에는 이끼가 조금 낀 바위가 있었는데 신디아는 그 위로 훌쩍 뛰어 올라갔다.

　"룬님이 자신을 내보이지 않은 건 어떤 속셈이나, 악의가 있어서라고는 생각지 않아요. 하지만 어찌됐든 관계에 있어서 너무 많은 비밀은 상대방에 대한 예의가 아니에요. 그러니까 룬님께서 저를 그저 스쳐지나가는 인연으로 생각하는 게 아니라면 언젠가는 본인에 대해서 솔직하게 이야기 해줬으면 해요. 당장 그러라는 말은 아니에요. 언젠가…… 룬님의 마음이 동할 때 그러라는 말이에요."

　"그리 하도록 하겠습니다."

　"후후. 웃기죠. 저 또한 처음에 제 신분을 숨기고 있었던 주제에 이런 말을 하다니……."

　신디아가 바위에서 뛰어 내려 조금 휘청거렸다. 룬이 그녀의 팔목을 잡아 주었고 그녀는 배시시 웃었다. 그녀는 이 순간이 그저 좋아 끝나지 않았으면 하고 바랬다.

　하지만 그 바람은 이루어 질 수 없었다.

　"이곳에 있었군."

　갑자기 나타난 이는 다름아닌 데이미안이었다. 평소와 마찬가지로 도도하나 어딘지 심기가 불편해 보이는 모습이었다.

신디아는 데이미안의 등장에 조금 놀라는 눈치였다.

"오라버니께서 이곳에는 어쩐 일로."

"너를 보러 온 것이 아니다."

데이미안이 룬에게 시선을 주었다.

"잠시 얘기 좀 하지."

"알겠습니다."

"잠깐 자리를 피해주겠니?"

데이미안이 신디아에게 말했다.

신디아가 데이미안과 룬을 번갈아가면서 바라보더니 의아한 얼굴이 되었다.

대체 데이미안이 무슨 일로 룬을 찾아 온 것일까.

둘 사이에 공통분모가 쉽사리 짐작이 되지 않았다.

"제가 들으면 안 되는 얘기라도 있나요?"

조금 애교 섞인 말투였으나 데이미안은 차갑게 대꾸했다.

"그래."

데이미안은 무뚝뚝하지만 차가운 사람은 아니었다. 그래서 그의 얼굴을 보자 서운한 마음이 들었다.

하지만 이내 그녀는 정원을 벗어났다.

"이번 일로 충격이 크실 겁니다. 누군가 곁에 있으셔야 할 겁니다."

"네가 걱정할 일은 아니다."

데이미안의 음성은 싸늘했다. 룬은 그가 평소와 조금 다르다고 생각했다.

"무슨 일이십니까?"

"브라운댄 백작에게서 너와 이자벨리아를 생포한다는 말을 들었다. 이자벨리아는 이 나라의 공주지만 너는 변방의 귀족으로써 포로로써의 가치가 전혀 없다. 그럼에도 너를 선택한 건 필시 다른 이유가 있을 터."

"설마 저를 의심하고 계시는 겁니까?"

"그랬다면 이렇게 너를 찾아오지 않았겠지. 그렇다고 너를 아예 의심하지 않는다는 것도 아니다. 그건 네 대답 여하에 달려 있겠지."

"저 또한 그가 왜 저를 인질로 잡으려 했는지 궁금하군요."

말을 하며 룬은 데이미안의 눈치를 살폈다. 그는 처음 나타났을 때와 마찬가지로 조금 싸늘한 얼굴을 하고 있었다. 에일리아의 부재가 그를 이토록 날이 서게 만든 모양이었다.

"아ㅡㅡ. 한 가지 짚이는 것이 있기는 있군요."

데이미안이 어서 얘기 해보라는 투로 턱짓을 하였다.

"혹여 사절단의 명단 중에 스엣…… 아니 스위프트라는 여인이 있지 않았습니까?"

"글쎄."

이번에 포로로 잡은 사절단의 인원은 수십이 넘었고 그들의 이름 하나하나를 모두 외우는 것은 불필요한 일이었다.

"아마 있을 겁니다."

"그녀와 내 질문과 무슨 상관이 있다는 거지?"

"사실 그녀는 제국의 사람이 아닙니다. 제국에 대한 복수심으로 그들과 함께 한 것이지요. 또한 이번 브농 후작님과 관련된 일을 제게 말해준 사람입니다. 아마 브라운댄 백작이 그를 눈치 챈 것이 아닌가 싶습니다."

룬은 조금 뜸을 들이다가 다시 말했다.

"말이 나와서 말씀 드리겠습니다. 이번 일에 그녀의 공이 그 무엇보다 크니 그녀를 풀어 주시는 게 어떻겠습니까?"

"물론 네 말이 맞다면 사면해 주는 것은 물론 공을 치하해 주어야겠지. 하지만 그녀는 공식적으로 이번 사절단의 인원이었고 네 말을 증명해 줄 것은 어디에도 없어. 이번 일은 나 혼자 독단적으로 결정할 수 없는 일이야. 의회를 거쳐야 하는데 그러려면 보다 신뢰성있는 증거가 필요하지."

"왕자님의 증언만큼 신뢰성있는 증거는 없을 거라 보입니다만. 이건 거래가 아닙니다. 그녀는 왕국에 도움을 주었고 응당 그에 대한 공을 치하하는 겁니다. 저는 왕자님께서 도리는 아시는 분이라고 생각했습니다만."

"물론 나는 도리는 아는 사람이야. 하지만 의아한 게 한두 개가 아니군. 만약 네 말이 사실이라면 어째서 그러한 사실들을 말하지 않은 거지?"

"그녀는 제국에 남아 있길 원했습니다. 그것이 복수를 하는 데 더 수월할 것이란 생각에서였죠."

"하지만 돌아가는 상황을 보면 이렇게 될 거라는 건 자명한 일이었어."

"그렇습니다. 그래서 적당한 때를 봐 왕자님께 그녀에 대한 이야기를 하고, 그녀에게도 제국에서 나오라는 말을 하려고 했습니다. 하지만 예상외로 일이 빨리 진행되었고, 뜻밖의 사건도 겪게 되었죠."

데이미안은 상황을 정리하려는 듯 고개를 살짝 들어 생각에 잠겼다.

"좋아. 네의 말이 사실이라고 치지. 하지만 그녀의 최소한의 신상은 알아야겠어. 그녀는 어째서 제국에 원한을 갖게 된 것이며 제국에 있기 전에는 무슨 일을 해왔지?"

"그것이……."

룬이 말을 할까 말까 고민하며 말끝을 흐렸다.

데이미안이 그 고민을 빨리 해결해 주려는 듯 곧 바로 말했다.

"그녀의 신원이 제대로 파악되지 않는다면 설령 네 말

이 모두 사실이라도 그녀를 사면해 줄 수는 없는 일이야."

데이미안이 조금 낮은 목소리라 말했다. 룬은 일을 너무 어설프게 처리 했다는 생각이 들었다.

데이미안에게 브뇽 후작의 사건을 말할 때 스엣에 관한 언질만 해줬어도 이렇게 복잡하게 일이 틀어지지는 않았을 터였다.

그때는 누구에게도 스엣에 관해 말하지 않는 것이 좋다고 생각했었다.

혹여 스엣의 정체가 탄로나고 연회장에서의 사건이 들춰지지 않을까 걱정해서였는데 결과적으로 그때의 그 안일한 생각 때문에 이런 복잡한 상황이 벌어지고 말았다.

"아카데미에 입학하기 전 저를 가르쳐 주신 사부가 있었습니다. 그리고 그 사부의 또 다른 제자가 바로 그녀지요. 그렇기에 우리는 서로를 알아보았고 인연을 맺게 되었습니다. 그녀는 제게 말했습니다. 사부는 제국에 의해 돌아…… 아니 해를 당했고 그 때문에 제국에 잠입해 복수를 꿈꾸고 있었다고요. 그녀를 안건 얼마 되지 않았고, 무슨 일을 했었는지, 지금 제국에서 무슨 일을 하고 있는지, 사실 잘 모릅니다. 하지만 분명한 건 그녀는 제국에 원한이 있고, 이번 사건과 관련하여 누구보다 큰 공을 세웠다는 겁니다."

데이미안이 다시 생각에 잠긴 듯 뜸을 들였다. 그리 긴 시간은 아니었지만 룬은 꽤 오랫동안 느껴졌다.

"좋아. 일단 의회에 얘기는 해보지."

"감사합니다."

"네 부탁 때문이 아니라 응당 해야될 도리를 하는 것 뿐이다. 그러니 고마워 할 필요도 없고, 이것 때문에 빚을 졌다는 생각을 할 필요도 없다. 나는 조금의 보탬이나 덜함도 없이 그대로 의회에 말할 것이고 판단은 그들이 하겠지."

룬은 조용히 웃었다. 왠지 그 다운 대답이라는 생각이 들었다.

"너는 수려한 언변과 다르게 가끔 답답한 행동을 하곤 하지. 마치 조금이라도 자신을 들어내지 않으려 하는 사람처럼 말이야. 이번 일만 해도 진작 말을 했다면 쓸데없는 시간낭비는 없었을 텐데."

"그 점은…… 앞으로 고쳐보도록 노력하죠."

연이어 비슷한 소리를 들었기 때문일까. 데이미안에게는 숙이고 들어가는 법이 없던 룬이 모처럼 그의 말에 수긍하였다.

항상 만나면 보이지 않게 자존심을 내새우던 그들이었기에 데이미안은 룬을 의아하게 바라보았다.

"그리고 제가 브라운댄 백작을 좀 만나볼 수 있을까요.

아무래도 그와는 더 이야기가 필요할 것 같아서 말이지요. 설마 그것 때문에 다시 의심의 불씨가 지펴지거나 하지는 않겠죠?"

"좋을대로."

그 말을 끝으로 데이미안 정원 밖으로 걸어 나갔다. 보는 이 없어도 허리를 곧게 피고, 턱을 당긴 채, 왕자 다운 위엄을 잃지 않은 모습으로 걸어가던 그는 벽에 기대에 자신을 기다리고 있는 신디아를 보며 발걸음을 멈췄다.

"무슨 할 말이라도 있는 거냐?"

"예."

그녀가 걸어와 데이미안의 앞에 섰다.

"네 방에 네가 좋아하는 꽃잎을 띄운 목욕물과, 허브차, 그리고 엘리가 기다리고 있을 거다. 중요한 일이 아니면 마음의 안정을 취하고 다음에 이야기 하는 게 어떻겠니?"

"저는 괜찮아요. 좀 전 까지는 안 괜찮았지만요."

'거 다행이구나.'

데이미안이 거의 들리지 않는 크기로 속삭였다.

"할 말이 무엇이냐?"

"얼굴이 좋지 않아보여요. 남들 눈에는 똑같아 보이겠지만 제 눈에는 그게 보이죠. 에일리아 때문인가요? 이런, 물어 볼 필요도 없는 걸 물어봤네요."

하며 그녀는 숨을 한 번 골랐다.

"그 때문에 이렇게 마음고생이시라면 걱정하지 말라는 말씀을 드리려고 기다린 거예요. 에일리아는 무사할 테니까요. 그가 그렇게 말했어요."

데이미안은 신디아가 말한 '그'가 누군지 짐작이 되었다.

"그자의 말을 신뢰하는구나. 하지만 이건 네가 그 말을 믿고 말고의 문제가 아니다."

"너무 각박하게 굴지 말고 한 번 믿어보세요. 아마 에일리아는 내일이라도 짠하고 나타날 테니까."

데이미안은 신디아의 말이 시덥잖은 지 별다른 반응이 없었다.

그러든 말든 신디아는 계속 말을 이었다.

"에일리아가 나타나면 조만간 오라버니와 혼인을 하겠죠? 그럼 왕국 최고의 권력가인 토레논 공작님과 사돈지간이 되는 거겠죠. 헤지스 백작은 반란을 일으켰고, 브뇽 후작가와는 첫째 언니가 혼인을 하기로 되어 있죠."

데이미안은 그녀가 무슨 말을 하나 싶어 잠잠히 듣고만 있었다.

"염치없지만 그럼 저 하나 정도는 가문을 합치기 위해, 왕궁을 위해, 그렇게 팔려가듯 혼인을 할 필요는 없지 않을까요. 저 하나 정도는 제가 원하는 사람과 혼인을 해도 되지 않을까요? 설령 상대가 변방의 작은 가문에, 작위를 받을 수 있을지 없을지도 모르는 그런 사람이라 할지라도 말이에요."

"나는 지지 하지는 못하더라도 너의 생각을 비난할 마음은 없구나. 더불어 그는 이번 일이 마무리 되는 대로 적당한 영지와 작위를 하사받을 것이야. 그러니 최소한 한 나라의 공주가 허리띠를 졸라매며 밭을 갈 일은 없겠지."

신디아는 '그' 가 누구인지 말하지 않았다. 하지만 데이미안은 꼭 '그' 가 누구인지 아는 것처럼 대답했다.

"하지만 그건 내가 결정할 일이 아닌 것 같구나. 더욱이 남녀 문제란 뜻대로 되는 일이 아니지."

데이미안은 신디아의 곁으로 다가와 어깨를 툭툭 쳤다. 그리고는 다시 왕자다운 위엄 있는 모습으로 복도를 걸어나갔다.

한편, 어두운 복도 뒤편에서 예리한 눈으로 데이미안을 바라보고 있는 이가 있었다.

"스위프트라…… 그녀를 한 번 만나봐야겠군. 잘하면 의외로 일이 쉽게 풀릴 수 있겠어."

그는 다름 아닌 데이미안의 삼촌이자 현 왕의 형인 브리튼 르니에르였다.

룬은 왕궁에 마련된 임시거처에 들어와 테이블에 앉았다.

창문이라도 있으면 좋았을 텐데 아쉽게도 이곳은 문 말고는
사방이 막혀 있었다.

룬은 정령왕과 이어진 무언가가 끊어진 것을 느꼈다. 막
깨어났을 때는 경황이 없어서 몰랐지만 지금은 그것이 분
명하게 느껴졌다.

'맹약이 끊어지기라도 한 건가. 정령계에서 있었던 일
때문일까. 전대 정령왕의 일부를 내가 제대로 흡수하지 못
한 것일까. 아니면 모든 힘을 흡수하였기에 오히려 맹약이
깨진 것일까. 하지만 나에겐 정령왕의 힘이 전혀 남아 있
지 않다. 그렇다면 대체 어떻게 된 거지.'

머리가 복잡했다. 정령왕과 이어진 기운은 느껴지지 않
았고 이 상황을 설명해 줄 사람은 아무도 없었다.

더 답답한 것은 시간이 지나도 이 의문을 풀어줄 사람이
나타날 것 같지는 않다는 점이었다.

"화!"

룬의 외침과 함께 자연의 마나가 룬의 의지에 따라 구체
화 되어 방안에 생성 되었다.

'정령왕의 권능을 사용하는 데는 무리가 없군. 그렇다
면 최소한 맹약이 취소 됐다는 것은 아닌데…… 어째서 정
령왕의 기운을 느낄 수 없는 거지.'

사실 룬에게 정령왕의 존재자체가 그렇게 중요한 것은
아니었다. 그보다는 그의 권능을 이용하여 자연의 마나를

다스릴 수 있는지가 더 중요했다.

그렇기에 정령왕의 기운이 느껴지지 않는 것이 그렇게 심각한 문제는 아니었다. 곤란한 건 바르테오와 만날 날이 다가오고 있다는 것이었다.

'졸지에 뺑쟁이가 될 처지에 놓였군.'

하지만 어쩔 수 없는 일이었다. 그들과 약속을 지키기 위해 억지로 머리를 쥐어짠다고 해서 해결책이 나오는 것은 아니었다.

다만 그가 어떤 식으로 반응할 지는 조금 걱정이 되었다.

'무턱대고 칼을 들이밀지는 않겠지.'

룬은 설마 그러기야 하겠어, 하는 마음으로 자리에서 일어나 침대에 누웠다. 천장 사이로 에일리아의 얼굴이 투영되었다.

의식을 되찾은 후 그녀에 대한 생각이 머릿속에서 떠나지를 않았다. 사실 그녀의 고백을 거절 한 뒤부터 계속 신경이 쓰였다. 그리고 그녀가 검에 베었을 때는 머릿속이 하얘졌다.

'이상한 일이야, 분명 그녀와 입맞춤을 했고 아무렇지도 않았는데……'

이러한 감정은 이전에는 느껴보지 못한 것이라 룬은 스스로가 낯설게 느껴졌다.

'그녀는 친구의 딸이자, 곧 왕자님과 결혼을 할 사이야. 더 이상 신경 쓰지 말자.'

룬은 그렇게 결론 내리며 억지로 잠을 청하려고 오른쪽으로 돌아누우며 허리를 웅크렸다. 하지만 그럴수록 머리는 더욱 맑아지며 에일리아에 대한 생각은 또렷해 졌다.

그녀가 데이마안과 많은 사람들의 축복을 받으며 결혼식을 올리고, 가정을 꾸리고 행복해 사는 그림이 떠올랐다. 이상하게 비참한 기분이 들었다.

'내가 설마 그녀를?'

룬은 심장으로 자신의 손을 가져갔다.

쿵쿵――.

보통 사람보다 조금 느리게, 정상적으로 뛰고 있었다.

'그래. 그럴 리가 없잖아. 그냥 심각한 부상을 당하고 눈앞에 보이지 않으니 신경이 쓰이는 것일 뿐이야.'

왕궁 지하감옥은 축축하고 퀘퀘한 냄새가 났다. 군데군데 구정물이 고여 있었고 쥐들이 제 집처럼 드나들며 찍찍거리는 소리를 내었다. 공기는 얼마나 탁한지 숨만 쉬어도 역병에 걸릴 것 같았다.

스엣은 그 중에서도 제일 구석지고 지저분한 곳에 갇혀

있었다.

'이 쇠고랑만 아니면 이곳을 나가는 일 따위는 아무것도 아닌데……'

하지만 부질없는 생각이었다. 그녀의 두 손에는 마나를 제어하는 쇠고랑이 채워져 있었다. 마나의 힘 없이 순수한 근력만으로 철로 된 쇠고랑을 끊기란 불가능한 일이었다.

그녀가 할 수 있는 것이라고는 한숨을 쉬며 누군가 자신을 구하러 오길 바라는 것이 전부였다.

뚜벅뚜벅──.

그녀가 바닥을 보고 한숨을 쉬고 있는데 어디선가 발자국 소리가 들려왔다. 그 소리는 점차 가까워 졌으며 이윽고 그녀의 앞에서 멈췄다.

스엣은 고개를 들어 발자국의 주인을 보았다. 내심 룬이 구하러 온건 아닌가하고 기대했는데 발자국의 주인은 처음 보는 얼굴이었다.

사십중반정도 돼 보이는 중년인이었는데, 나이가 무색할 만큼 찰랑거리는 금발에 굉장한 미남자였다.

"저를 보러 오신 건가요?"

"이곳에 레이디 말고 다른 사람이 있습니까?"

스엣이 주위를 훑어보았다. 하지만 그건 불필요한 행동이었다.

그녀가 이곳에 왔을 때부터 이곳은 쭉 비어있었다.

"왜 저를 보러 오신 거죠? 아니, 그보다 당신은 누구
죠?"

"이런 제 소개를 안 했군요. 저는 브리튼 르니에르라고
합니다."

"르니에르?"

대륙이 분란으로 분리되고 이지역의 최초 통치자는 르
니에르가문에게 돌아갔다. 그리고 그와 함께 이곳의 국호
는 가문의 이름을 따 르니에르가 되었다.

다시 말해 르니에르성을 쓰는 사람은 왕족이라는 뜻이
며, 중년인의 나이 대의 왕족은 왕을 제외하고는 한 사람
밖에 없었다.

"제가 바로 아이언스 르니에르의 유일한 형제지요."

"국왕전하의 이름을 그렇게 함부로 불러도 되나요? 아
니, 생각해보니 반역자에게 그 정도는 양호한 거겠군요."

"반역자라니 듣기 조금 거북하군. 서열로 따지자면 왕
은 응당 내가 됐어야 했습니다. 오히려 내가 동생에게 왕
권을 양보한 셈이지요."

왕은 의회를 거쳐 왕족가운데 선발되었다. 왕국을 건립
하는 데 르니에르가 말고도 수많은 가문의 힘이 동원 되었
고 집권화가 완전히 이루어지지 못해 생긴 독특한 제도였
다.

의회에서는 첫째인 브리튼이 아닌 아이언스를 왕으로

결정했다. 사실 가진 바 능력으로 보면 브리튼이 아이언스보다 월등히 뛰어났다. 하지만 오히려 그 점 때문에 의회에서는 아이언스를 왕으로 선정하였다.

브리튼은 이에 반발하여 군사를 일으키려 했다. 다행히 그 전에 토레논에 의해 진압되기는 했지만 이미 그러한 의도를 가졌다는 것만으로도 삼족을 멸해야할 중죄였다.

하지만 마음이 약한 현 왕은 그 일을 덮어 두기로 했고 이 사건은 비밀 아닌 비밀로 마무리 되었다. 물론 이는 대외적인 것으로 그 속사정이 어땠는지는 당사자만이 아는 것이었다.

스엣은 대략적인 이야기를 알고 있었지만 사소한 말다툼을 하고 싶지 않아 그냥 넘어가기로 했다.

"어찌됐건, 이곳에는 왜 오신 거죠?"

"몇 가지 들을 말이 있어섭니다. 아, 너무 긴장하지는 말아요. 그냥 편히 말하면 됩니다. 룬이라는 자가 이미 모든 사실을 밝혔습니다. 저는 단지 그가 한 말이 거짓은 아닌지 확인을 해보고자 할 뿐이죠. 만약 그의 말이 사실이라면 레이디께서는 무사히 이곳을 벗어나 쾌적한 환경을 만나게 될 겁니다."

스엣은 감옥을 나갈 수 있다는 말에 희망에 부풀어 오르다가 금세 걱정스런 얼굴이 되었다.

"그분은…… 무사하신가요?"

"물론입니다. 그러니 그에게 당신의 존재를 듣고 이렇게 만나러 온 게 아니겠습니까."

브리튼은 조금 더 바짝 스엣에게 다가왔다.

"나의 조카, 그러니까 이 나라의 왕자께서는 룬경에게 상당한 호의를 가지고 있고 최대한 그의 편의를 봐주려고 하고 있습니다. 그래서 원래대로라면 다른 제국군들과 마찬가지로 평생 지하 감옥에서 썩거나 목이 잘리는 신세가 되어야 하지만 특별히 나갈 수 있는 기회를 준 것이지요."

브리튼은 일부러 룬을 존중해주는 의미로 경이라 불렀다. 그것은 스엣의 경계심을 풀기에 꽤 괜찮은 방법이었다. 잔뜩 독이 올라있던 그녀의 기세가 한풀 꺾인 것이다.

"들었다면 아시겠지만 저는 제국에 원한을 품고 있어요. 그리고 이번 사건에 대한 결정적인 단서를 제공해 주었죠. 그런데 뭘 더 들을 말이 남아 있다는 거죠?"

"물론 그렇습니다만 그건 당신들 주장이고, 우리쪽에서는 최소한 두 분의 말이 맞는지 진위여부를 확인해볼 필요는 있는 거 아니겠습니까?"

스엣은 뭔가 억울하면서도 브리튼의 말에 일리가 있기에 반문하지 못했다.

스엣은 브리튼의 말에 곰곰이 생각하였다. 브리튼은 인내심 있게 그 생각을 기다려주었다. 하지만 그것이 끝도 없이 지속되자 브리튼도 참지 못하였다.

"시간이 많지 않습니다. 저는 앞으로 이곳을 다시는 찾지 않을 겁니다. 아니, 그러지 못한다는 말이 더 정확하겠군요."

말을 마치며 브리튼은 검지로 허리를 두어번 두드렸다.

브리튼의 말은 스엣을 은근히 두려움에 떨게 만들었다. 그녀가 아무리 단련이 잘 된 검사라고는 하지만, 이렇게 지저분하고 끔찍한 곳에 갇혀 있는 건 여자로써는 버티기 힘든 일이었다.

"좋아요. 모두 말할게요."

결국 그녀는 룬과 있었던 일에 대해 토로하기 시작했다. 하지만 그녀는 연회장에서의 일은 빼놓고 말을 하였다. 자칫 룬에게까지 피해가 될 수 있는 일이었기 때문이다.

브리튼은 그녀가 한 말을 알고 있던 것처럼 고개를 끄덕거리며 그녀의 말을 경청했다.

그리고는 안타까운 얼굴로 말을 했다.

"잘 들었습니다. 들은 그대로 제 조카에게 전하도록 하죠. 만약 제가 이곳을 나가고 그 누구도 찾지 않는다 해도 절 원망하지는 마십시오."

그 말은 스엣을 섬뜩하게 만들기에 충분했다.

브리튼은 미련 없이 등을 돌렸다.

스엣이 다급하게 그를 불러 세웠다.

"자, 잠시만요."

브리튼은 천천히, 필요 이상으로 우아하게 다시 스엣에게 돌아섰다.

브리튼은 스엣을 초롱초롱한 눈으로 바라보았다. 스엣은 그 눈빛을 힐끔거리며 보다 이내 고개를 끄덕였다.

"사실대로 말해도 정말 아무 일도 없는 거죠?"

그러자 브리튼이 인자한 웃음을 지어 보였다.

"이곳에 온 이유가 바로 레이디의 안전을 위한 겁니다. 사실대로 말씀하시면 모든게 괜찮을 겁니다."

"좋아요. 말할게요."

"기회는 이번이 마지막입니다."

"알았어요…… 그러니까."

스엣은 결국 룬을 처음 만난 일. 연회장에서 있었던 일을 비롯해 제국에서 어떤 일을 했었는지도 모두 말하였다.

스엣의 말을 듣던 브리튼의 입 꼬리가 살짝 올라갔다. 하지만 그것은 찰나의 순간에 보인 것이라 스엣을 눈치 챌 수 없었다.

"잘 들었습니다. 마음 같아서는 당장이라도 더 좋은 곳으로 옮겨 드리고 싶지만 아쉽게도 그럴 수가 없군요. 그럼."

브리튼은 처음 왔을 때처럼 품위를 잃지 않은 채 감옥을 걸어 나갔다. 지하감옥을 지키는 경비병들에게 인사를 받고 회전식으로 된 계단을 올라가자 그의 얼굴에는 좀 전의 품위와 인자함은 찾아 볼 수 없었다.

"훗-. 사람은 역시 궁지에 몰리면 지푸라기라도 잡게 되어 있지. 왕자를 해하고 요정의보석을 빼돌렸다라……."

어느새 그의 얼굴에는 잔인한 미소가 번져 있었다.

❖

브라운댄 백작이 있는 곳은 제법 호화로운 곳이었다. 침대도 있었고 테이블도 있었으며 샹들리에도 달려 있었다. 방 한쪽에는 욕실도 존재했다.

다만 문제가 있다면 죽음 이외에는 한발자국도 이 방을 나갈 수 없다는 것이었다.

그는 이 곳에 며칠을 갇혀 있었다. 그러다 보니 그에게는 차가운 쇠창살이 쳐져 있는 감옥이나 이곳이나 별반 다르게 느껴지지 않았다.

룬이 찾아오자 반가운 마음까지 들었다. 하지만 그는 체면을 중시 여기는 사람이었다.

그는 의자에 반듯이 앉아 책을 읽고 있었다. 그리고 룬의 모습이 보이자 살짝 고개만 들어 인사를 건넸다.

"왔는가. 이곳에 앉게."

"생각보다 평온해 보이시는군요."

"불안해하고 있어야할 이유도 없지. 차는 없으니 물이라도 한 잔 하게."

그는 읽고 있던 책을 덮고 물을 따라 룬에게 주었다.

"이곳에는 무슨 일로 왔는가?"

"저를 생포해 오라는 명을 내리셨다 들었습니다. 왜 하필 저인지 물어 보려 왔습니다."

"그래. 다 끝난 마당에 못 할 말이 뭐가 있겠나. 내 다 얘기 해 주지……."

하며 브라운댄 백작은 룬을 보았다. 그리고는 비웃듯 실소를 머금었다.

"이런 말이라도 하길 바란 겐가?"

이윽고 그는 큭큭 거리며 웃었다.

"왜 자네에게 그런 말을 해야 하는지 날 한 번 이해시켜 보게. 혹시 아나? 자네의 말이 마음에 들으면 내 대답해 줄지."

"저는 얼마 전까지 소문이 자자한 망나니였습니다. 그리고 이젠 그래플아카데미생의 검술 특기생이 되었죠. 밑바닥을 달리던 제가 왕국 최고의 아카데미생이 된 것을 제외하고는 달리 특별한 것이 없는 인생입니다. 하지만 제 능력은 보이는 것이 전부가 아닙니다. 그건 백작님께서도 잘 아실 겁니다."

브라운댄 백작은 룬의 말을 잠자코 들었다.

"저는 꿈이 많은 사람입니다. 그리고 이 왕국은 제 꿈을 이루기에 너무나 작습니다. 그렇기에 저의 존재를 드러내지 않고 있었던 것이지요. 왕국 최고의 아카데미에 입학하고 왕궁에 드나들며 그 생각은 더욱 확실해 졌습니다."

"그래서 하고 싶은 말이 무언가?"

"백작님께 제가 필요한 존재가 될 수 있을 것 같다는 말씀을 드린 겁니다. 그러기에 먼저 왜 저를 원한 것인지 알아야 겠습니다."

브라운댄 백작은 빤히 룬을 보았다. 그리고 뭐가 그리 신나는지 실성한 듯 웃어댔다.

"그래. 큰 꿈을 가진 사람일수록, 그것을 한순간 터트리기 위해 움츠리고 있는 법이지. 자네는 아주 큰 야망을 가지고 있군. 좋아. 그럼 내 묻지. 자네는 어떻게 나에게 필요한 존재가 될 건가?"

룬은 품에서 말린 약초를 섞어 만든 환단을 꺼냈다.

"여러 약초를 섞어 만든 겁니다. 생명에는 지장이 없으나 먹으면 극심한 고통을 호소하게 되죠. 백작님께서는 왕국에 꼭 필요한 사람입니다. 왕국의 위신을 드높이기 위해 모두가 보는 앞에서 처형당해야 할 아주 중요한 인질이죠."

브라운댄 백작은 인상을 찌푸렸다.

하지만 룬은 개의치 않고 계속 말을 해나갔다.

"그런 중요한 인물을 이렇게 좋은 방에서 죽게 내버려 두지는 않을 겁니다. 당장 의관을 부를 것이고 치료를 하겠죠. 하지만 그 의관은 백작님을 이 성에서 빼내 줄 것입니다. 그리고 백작님은 남쪽으로 갈 겁니다. 남쪽 항구에는 제멘으로 가는 배가 준비되어 있습니다. 제멘은 제국의 형제국으로 그곳까지만 갈 수 있다면 뒷일은 백작님의 힘으로 충분하시겠지요."

브라운댄 백작은 룬을 보더니 박장대소를 하였다.

"자네같은 인재를 알아보지 못하다니. 역시 이 왕국은 자네가 있기에 너무 협소한 곳이네."

브라운댄 백작은 읽고 있던 책을 덮어 테이블의 가장자리로 밀었다.

"그런데 말이야. 자네의 검술이 충분히 위력적이라는 것은 인정 하지만 나를 성 밖으로 빼내줄 만큼 대단하다고 보여겨지는 않는다네. 설령 운이 좋아 성 밖으로 나갔다 하더라도 곧 추격대의 추격에 꼬리를 잡히겠지."

그 말을 곰곰이 듣던 룬은 자리에서 일어났다. 그리고 손을 위로 뻗었다. 손을 타고 희뿌연 무언가가 나와 주변을 애워쌌다.

"외부와 마나의 흐름을 차단시켜주는 결계입니다. 이 안에서는 제가 무슨 짓을 해도 외부로 그 기운이 세어나가지 않죠."

말을 마치며 룬은 무어라 중얼거렸다. 그러자 손에서 불덩이 하나가 소환되었다.

"이것은 파이어볼입니다. 1써클의 간단한 마법이지요."

룬이 주먹을 쥐었다. 화염이 한여름에 눈 녹듯 사르르 사라졌다.

룬이 다시 손을 펼쳤다.

룬의 손에 불덩이가 다시 소환되었다. 파이어볼보다 더욱 크고 붉게 빛났다.

"이건 5써클의 웜볼이라는 마법입니다."

룬은 다시 주먹을 쥐었고 웜볼은 파이어볼과 마찬가지로 사르르 사라졌다.

룬은 다시 주먹을 펼친 다음 손을 위로 뻗었다. 그리고는 브라운댄 백작이 알아 듣기 힘든 주문을 외우기 시작했다.

곧이어 룬의 손 위로 마치 태양처럼 이글거리는 무언가가 생성되었다.

"그리고 이것이 현 인간이 한계라 여겨지는 7써클. 그 중에서도 가장 강력하다는 메테오입니다."

브라운댄 백작은 룬이 하는 행동을 가만히 지켜보았다.

"하지만 제가 능한 건 이런 공격적인 마법이 아닙니다."

동시에 룬의 모습이 브라운댄 백작의 시야에서 사라졌다.

"대부분의 마법을 다룰 수 있지만 그 중에서도 특히 공간마법에 능하죠."

소리는 브라운댄 백작의 뒤에서 들려왔다. 그가 고개를 돌려 뒤를 보았다. 어느새 룬이 책장에서 책을 하나 꺼내 들어 읽고 있었다.

룬은 책을 브라운댄 백작을 향해 흔들더니 다시 책장에 집어넣었다.

그 순간 다시 룬의 모습이 사라졌고, 브라운댄 백작 앞에 나타났다.

"성 내에 이미 남쪽 항구로 향하는 텔레포트를 준비해 두었습니다. 아무도 눈치 채지 못할 만큼 은밀하게, 그러나 확실하게 말이지요. 그 덕에 제가 가지고 있는 돈의 대부분을 써야 했지만 이는 충분히 그만한 가치가 있는 일이니 개의치 않습니다."

브라운댄 백작은 룬의 모습에 잠시간 멍한 얼굴을 하였다.

"어떻습니까? 이제 제가 백작님에게 필요한 존재라는 생각이 드십니까?"

브라운댄 백작은 이내 미친 듯이 웃어댔다. 그것으로 대답은 된 셈이었다.

"자, 그럼 이제 백작님이 대답하셔야할 차례입니다. 어째서 저를 원하신 건지 이제 말씀해 주시지요."

"그래. 자네가 날 위해 이렇게 많은 준비를 해 주었는데 그 정도는 대답해 줘야 도리겠지. 자네를 원한 건, 자네와 누군가 연관이 있을 거란 생각 때문이었네."

"그 누군가가 혹 잭스라는 사람입니까?"

브라운댄 백작에 조금 놀란 얼굴을 하였다.

"그걸 어찌 알았나?"

"그의 밑에서 마법을 배웠습니다."

"그의 밑에서 마법을 배웠다고?"

브라운댄 백작의 동공이 커졌다.

"예."

"흐음."

브라운댄 백작의 얼굴이 짐짓 심각하게 변하였다.

"걱정하실 건 없습니다. 그의 복수를 하려는 마음 따위는 없으니까요. 그와는 시간이 흐르면 흐를수록 너무도 다른 가치관에 잦은 충돌이 있었습니다. 어느 순간에는 그가 저의 재능에 시기와 질투를 느끼더군요. 결국 우리는 거의 원수지간이 되어 헤어지게 되었습니다.

"이상하군. 그에 대해서라면 사소한 것 하나까지 모두 감시하고 있었는데 말이야."

"그와 헤어진 건 10년도 더 된 일입니다. 그러니 저의 존재를 모르실 수밖에요."

"10년이라……"

"예. 어렸을 적에 그를 만났죠. 아버님과 형들의 눈을 피해 매일 밤 은밀히. 그리고 얼마간은 집을 나가 본격적으로 그의 밑에 있기도 했습니다. 그럴 때 망나니라는 타이틀이 도움이 되었죠."

"그렇게 된 거였구먼."

브라운댄 백작은 턱을 쓰다듬더니 자리에서 일어났다. 그리고는 짐짓 심각한 얼굴을 하였다.

"괜찮다면 내 얘기를 들어 주겠나. 지루하고 긴 이야기가 될 거야. 하지만 듣고 나면 자네가 아주 만족스러워 할 만한 이야기지. 어떤가 들어 보겠나?"

룬이 고개를 끄덕였다.

"이야기는 바르텐대제의 시절로 거슬러 올라가네. 그 시절 분리되었던 대륙을 통일하였던 힘이 무엇이라 생각하나? 뛰어난 지략? 사람을 수용할 수 있는 포용력? 카리스마? 계략? 물론 그는 그 모두 뛰어났다고 하지. 하지만 가장 중요한 건 바로 그가 가진 군사력이야. 놀랍게도 그는 평범한 인간도 소드마스터로 만들 수 있는 놀라운 비전을 가지고 있었지."

그는 흥분이 되는 듯 다시 자리에서 일어났다.

"나는 오랫동안 그의 비전을 찾아 다녔네. 비록 바르텐대제는 역사와 함께 사라졌지만 그의 군대는 존재했고 후세 또한 있었으니까. 하지만 나는 실패하고 말았네. 비전은 오직 바르텐대제만이 전수할 수 있는 것이기 때문이지. 결국 나는 비전을 찾는 것을 포기했지. 하지만…… 하지만 말야…… 그가 나타나 버렸다네."

"그가 대체 누구죠?"

"월야……. 그는 검은 머리에 검은 눈동자를 한 자였지. 기록에 나와 있는 바르텐대제와 흡사한 모습일 뿐만 아니라 그의 비전까지 알고 있는 자이기도 하고."

룬은 월야라는 이름을 듣는 순간 혹여 눈동자가 흔들리지는 않을까, 노심초사하며 평정심을 유지하기 위해 갖은 애를 썼다.

하지만 다행히 브라운댄 백작은 사색에 빠져 있었고 룬의 모습을 전혀 살피고 있지 않았다.

"그를 찾아 낸 건 사실 내가 아니라 바르타인 공작이네. 바르타인 공작은 그를 회유하려 했고 여의치 않자 그를 제거하려 했지. 하지만 그는 재앙과 같은 존재였어. 제거하기는커녕 그의 압도적인 무위에 오히려 두려움에 떨며 밤잠을 설쳐야 될 처지에 놓였지. 그 분란 덕에 나는 그,의 존재를 알게 된거지. 그리고 바르타인과는 다른 루트로 그에게 접근했네. 하지만 그럴 수 없었어. 웬 줄 아나?"

룬은 대답을 듣는 것이 두려웠다. 룬이 생각할 수 있는 가장 최악의 결과가 그의 입을 통해 흘러나올 것만 같았기 때문이다.

하지만 그는 아랑곳하지 않고 말을 이어나갔다.

"이 세상에서 사라져 버렸기 때문이지. 이해할 수 있겠나? 죽은 게 아니라, 그냥 사라져 버린거야. 어디로 갔는지는 아무도 몰라. 다만 확실한 건 이 세상에 더 이상 존재하지 않는다는 거지. 흑마법사 십수 명이 본인들의 생명을 담보로 마왕을 불러내 저주를 퍼부은 거지."

룬은 생각하고 있던 최악이 아닌 것에 가슴을 쓸어 내렸다. 하지만 이 세상에 존재 하지 않는 다는 것과 죽음이 과연 무슨 차이가 있을까 생각했다.

"월야라는 사람은…… 결국 바르타인 공작 때문에 세상에 사라지게 된 것이군요."

"그렇다고 할 수 있지. 참으로 다행인 일이야. 그런 자가 바르타인 공작의 휘하로 넘어갔다면 제국의 균형은 일순간 무너질 것이야."

"월야라는 자에 대해 좀 더 자세히 이야기 해줄 수는 없습니까? 그가 바르텐대제의 비전을 알고 있다면 바르텐대제와는 어떤 관계인거죠?"

브라운댄 백작은 흥분을 조금 가라앉히고 다시 테이블에 앉았다.

"그에 대해서는 아는 바가 거의 없네. 다만, 바르텐대제의 비전을 사용할 수 있는 자 라는 것만 알고 있을 뿐이지."

"그에 대해 알고 있는 다른 사람은 더 없습니까?"

"바르타인 공작과 수뇌부들 몇이 알고 있겠지. 정확한 건 아니지만 그에게 제자가 한 명 있다더군. 하지만 여자라는 것 외에는 알려진 바가 없으니 결국 그에 대해 아는 사람은 바르타인과 그의 수족들뿐이겠지."

여자라면 스엣을 가리키는 것일 터였다. 그렇다면 룬의 존재에 대해서는 모른 다는 말이었다.

"얘기가 잠시 딴대로 샜군. 아무튼 월야의 존재로 인해 나는 바르텐의 비전을 전수 할 수 있다는 새로운 희망을 품었지. 그래서 다시 바르텐의 비전을 찾기 위해 수소문을 했네."

브라운댄 백작은 목이 마른 지 테이블 위에 놓여 있던 물병 채 물을 통째로 마셨다.

"그 과정에서 잭스라는 마법사를 찾아냈지. 우선은 그가 월야라는 자와 마찬가지로 비전을 전수 할 수 있는지부터 알아보았지. 하지만 그는 통 말이 통하지 않는 사람이더군. 나는 결단을 내릴 수밖에 없었네. 그는 너무 위험한 존재였어. 갖지 못할 바에야 차라리 없어지는 게 낫다고 판단했지. 하여 그를 흑마법사로 몰고, 제국군을 이용해 죽음으로 몰아넣었네."

말을 하던 브라운댄 백작은 고개를 숙여 강렬한 눈으로 룬을 바라보았다.

"그리고 오늘 자네를 만났네. 그리고 잭스라는 자가 비전을 전수할 수 있고, 또 자네가 그것을 전수받았다는 것을 알게 되었네. 그 말은 즉 자네 또한 누군가에게 그것을 전수해 줄 수 있다는 뜻이겠지. 돌려 말하지 않겠네. 내 사람이 되어 주게. 나의 힘이 되어 주게."

브라운댄 백작의 눈빛이 불꽃처럼 이글거렸다.

룬은 자리에서 일어났다. 브라운댄 백작의 고개가 룬을 따라 들려졌다.

"이걸 받으십시오."

룬이 환단을 블라운댄백작에게 건넸다.

"후후. 현명한 선택이네."

그의 얼굴에 승자의 미소가 떠올랐다.

"역사적인 순간을 앞두고 조금이라도 이런 곳에 갇혀 있고 싶지가 않군. 내가 이걸 지금 먹어도 되겠나?"

"모든 건 준비 되었습니다. 백작님께서는 결단만 하시면 되는 것이지요."

"신의 가호가 함께 하기를."

그 말을 끝으로 그는 환단을 입에 삼켰다. 곧 막강한 부대를 양성하고 바르타인 공작을 몰아 낼 희망에 부푼 채. 그것을 생각하면 곧 찾아올 고통 따위는 아무것도 아니었다.

약효가 진행됨에 따라 브라운댄 백작의 정신이 몽롱해

져왔다. 하지만 룬의 말대로 극심한 통증 따위는 느껴지지 않았다.

"어찌 된 건가? 왜 고통이?"

"고통 따위는 없을 겁니다. 하지만 의식이 흐려지고 팔에 마비가 올 겁니다."

브라운댄 백작의 눈이 부릅떠졌다.

"아무리 똑똑한 사람이라도 궁지에 처하면 판단이 흐려지기 마련인가 봅니다."

브라운댄 백작의 시야는 점점 흐릿해 졌다. 그 사이로 룬의 미소가 보였다.

"대체 너는, 누⋯⋯누구."

대답대신 룬은 얼굴에 손을 가져다 댔다. 그리고 손을 한 번 휘젓자 빛이 반짝이면서 룬의 얼굴이 다른 사람으로 변하였다.

"너⋯너는⋯재, 잭스."

약기운이 몰려와 감각이 둔해져 감에도 어찌나 놀랐는지 브라운댄 백작의 얼굴에 경악이 가득했다.

"덕분에 많은 걸 알게 됐습니다. 아ー. 너무 억울해 하실 건 없습니다. 조만간 바르타인 공작의 목 역시 당신의 품으로 보내드릴 테니 말이죠."

하지만 브라운댄 백작은 그 말을 들을 수 없었다. 그전에 이미 완전히 의식을 잃었기 때문이다.

룬은 쓰러진 그를 일으켜 세워 침대위에 눕혔다. 그리고 그의 목을 손으로 지긋이 눌렀다. 룬의 손을 타고 붉은 빛이 그의 목으로 들어갔다.

자연의 마나를 이용해 아주 미약한 불꽃을 만들어 그의 몸속에 밀어 넣은 것이다.

이 불꽃은 그의 목에서 미약하게 타오르다 룬이 일정거리를 벗어나면 다시 자연의 품으로 돌아갈 것이었다.

하지만 그 시간이면 그의 목은 이미 목으로써 제 기능을 상실한 뒷일 것이다.

그는 말도 할 수 없는 채, 그리고 두 팔도 사용할 수 없는 채 이곳에 갇혀 있다 모두가 보는 앞에서 죽어갈 것이다.

제 6 장

삼자대면

제 6 장
삼자대면

　에일리아가 왕궁에 돌아온 건 참사가 있고 며칠이 지나
서였다.

　몬스터토벌에서 그녀는 많은 일을 겪었다. 오크와 싸웠
고, 오거의 무리를 만났다. 제국의 기사와 검을 섞었으며
누군가의 검에 베여 죽음의 순간을 느껴야 했다.

　죽음을 경험하자 그녀는 본인의 마음에 대해 좀 더 확실
히 알 수 있었다. 그리고 더 이상 지지부진하게 관계를 이
어나가는 것은 서로에 대한 예의가 아님을 깨달았다.

　에일리아는 성 외각쪽에 올라서서 북쪽으로 뻗은 산맥
을 바라보고 있었다.

　조금 있으면 데이미안이 올 것이었다.

저벅저벅--.

밑쪽에서 규칙적이고 안정적인 발걸음 소리가 들려왔다. 이윽고 찰랑거리는 금발이 보였으며 데미이안의 미끈한 얼굴이 햇살에 비쳤다.

왕궁에 돌아와 두 번째로 그를 만나는 것이었다. 첫 번째 만남에서는 자신을 걱정해 주는 그의 얼굴 앞에 차마 헤어지자는 이야기를 꺼낼 수 없어 입을 닫았다. 하지만 오늘은 꼭 말을 해야했다.

"오셨어요."

"몸은 좀 괜찮으십니까?"

"예. 보시다시피요."

에일리아는 고개를 들지 못하고 땅만 보고 있었다. 하지만 마냥 그럴 수는 없었다. 그녀는 데이미안에게 미안하지만 당당하게 고개를 들어 그를 보았다.

"데이미안님을 보자고 한 건 할 이야기가 있어서예요."

데이미안이 고개를 끄덕이며 얘기를 해보라는 제스처를 취했다. 그 사이 강한 바람이 불어와 데이미안을 덮쳤고, 그는 곧 알 수 없는 불안감에 휩싸였다.

"우리의 혼사…… 없었던 일로 해주세요."

불안감은 너무도 직격으로 그에게 날아왔다.

데이미안은 침착하기 위해 노력했지만 동공이 흔들거

렸다. 에일리아는 그것을 보았고 그렇기에 더욱 미안했지만 약해지지 않으려 노력했다.

"갑자기 그게 무슨 말씀이십니까?"

그의 동공은 여전히 조금 흔들거렸지만 음성은 침착함을 잃지 않았다.

어떤 상황에서도 당황한 모습을 보이지 않는 것. 왕국의 일왕자로써 교육을 받아온 것이 의외에 곳에서 빛을 발했다.

"이렇게 일방적으로 끝내는 게 예의가 아니라는 것은 알지만, 그렇다고 어영부영넘어가는 것 또한 예의가 아닌 것 같기에 이렇게 무례를 범합니다."

"우리의 혼사는 당사자 둘만의 문제가 아님을 잘 알고 계시지 않습니까."

"맞아요. 우리의 혼사는 당사자의 감정보다는 가문끼리의 결합이라는 의미가 더 크죠. 하지만 이번에 죽을 고비를 넘기면서 저는 확실하게 깨달았어요. 지금 이대로 원치 않는 혼인을 하게 되면 저는 평생을 불행하게 살 거예요."

"저는 우리가 가문의 결합을 넘어 서로에게도 제법 호감을 가지고 있었다고 생각하고 있었습니다만."

"그래요. 데이미안님은 남자로써 믿음을 주시는 분이세요. 어차피 해야 될 결혼이지만 상대가 데이미안님이라서 괜찮다고 생각했죠."

바람은 더욱 강해졌고 유독 그 바람은 데이미안을 향해 불어왔다.

"하지만 그것과 좋아하는 감정은 별개라는 것을 깨달았어요. 그리고 그런 의미 없는 결혼이 행복할 수 없다는 것 또한요."

"저는 에일리아님이 누구보다 이성적인 사람이라 생각했습니다. 왕국에는 수십의 가문이 존재합니다. 그리고 그들 중 자신과 원하는 사람과 혼인하는 경우는 극히 드뭅니다. 저 또한 마찬가지죠. 그들이 과연 에일리아님처럼 그런 감정이 없었기 때문이 원치 않는 사람과 혼인을 했을까요? 아닙니다. 그들은 알기 때문입니다. 그러한 감정은 일시적인 것이며 결국 앞날을 결정해 주는 것은 이성적인 판단이라는 것을요."

"그들의 이성적인 판단으로 과연 지금도 행복하게 살고 있을까요? 어떤 이는 그렇겠죠. 하지만 아닌 이도 있을 거예요."

데이미안은 에일리아의 대각선으로 등을 돌려 하늘을 바라보았다.

"룬…… 그자 때문입니까?"

에일리아는 대답을 하지 못했다. 혹여 룬에게 피해가 가지는 않을까 걱정이 앞선 것이다. 하지만 숨긴다고 능사는 아닌 일이었다.

"예."

데이미안은 머리가 어지러웠다. 얼마 전 정원에서 했던 신디아와의 말이 떠올랐다.

"오늘은 선약이 있어 이만 해야 될 것 같군요. 그리고 말했듯 이 혼사는 우리 둘만의 문제가 아님을 명심하십시오."

데이미안은 에일리아의 대답도 듣지 않은 채 등을 돌렸다.

"저, 혹여 그에게……."

"저는 사사로운 감정에 휘둘려 일을 처리하는 사람이 아닙니다.

데이미안은 고개도 돌리지 않은 채 계단을 내려갔다. 왕자 다운 품위를 잃지 않은 채 허리를 꼿꼿이 세우고.

이윽고 에일리아의 시야에서 데이미안이 완전히 사라졌다.

데이미안은 갑자기 왼쪽가슴이 아파왔다. 오른손으로 그곳을 부여잡자 심장이 미친 듯이 뛰고 있는 것이 느껴졌다.

"두 가지 모두를 원한다는 건 욕심인 것인가…."

❖

룬은 퀴퀴하고 어두컴컴한 지하감옥으로 내려갔다.

데이미안의 허락을 받아 스엣을 만나러 가는 중이었다. 회전식으로 된 계단을 모두 내려가 지하감옥에 당도하자 숨이 턱 막힐 정도로 악취가 진동했다.

지하감옥의 입구를 지키던 병사들은 이 악취에도 적응이 됐던지 평온한 얼굴을 한 채 서 있었다.

그들은 이미 언질을 받은 것이 있기에 룬에게 짧게 목례를 하는 것으로 감옥의 출입을 허락하였다.

룬은 코를 부여잡으며 안으로 들어갔다. 안으로 들어갈수록 냄새는 더욱 심해졌다. 마침내 제일 구석자리에 다다르자 스엣의 모습을 볼 수 있었다.

그녀는 광대가 드러날 정도로 초췌해져 있었다. 피부는 불장난이라도 한 듯 검게 그을려 있었으며 머리는 기름기와 먼지들로 벌레가 살 것만 같은 모습이었다.

"오셨어요?"

스엣이 먼저 룬을 반겼다. 그녀의 흐리멍덩했던 눈빛이 금세 반짝거렸다.

"이런 곳에 있구나. 힘들지는 않니?"

"예. 버틸 만해요. 그래도 먹을 만한 음식들은 제때에 주니까요. 무엇보다 나갈 수 있다는 희망이 있으니 씻지 못하는 거 빼고는 괜찮은 거 같아요."

"다행이구나. 이리 가까이 와보겠니?"

"냄새가 많이 날 텐데. 그리고 이런 모습을 가까이서 보여주고 싶지도 않다구요."

"눈을 감을 테니 가까이 와봐. 코도 막을까?"

"알았어요."

스엣이 쇠고랑을 주렁주렁 끌며 룬에게 다가갔다.

룬이 그녀를 향해 손을 뻗었다.

"워터플루젼."

룬의 손에서 수도꼭지처럼 물이 나와 그녀를 적셨다. 공격마법이지만 마나를 잘 재배열해 살상기능을 없앤 것이다.

그녀는 꼭 물에 빠진 생쥐 꼴이 되었지만 오랜만에 물을 만나니 상쾌한 기분이었다.

"이그나이트."

이번에도 살상기능을 빼고 마법을 시전 했다. 스엣의 몸에 따뜻한 열이 생겨나 그녀의 몸을 말리기 시작했다. 뜨거운 욕조에 물을 받아 놓고, 거품목욕을 한 것만큼은 아니지만 제법 개운했다.

"한결 보기 좋구나."

스엣은 자신의 모습을 훑어보았다. 누렇던 옷도 다시 원래의 색을 되찾았고 피부와 머리에 달라붙었던 온갖 것들이 사라지자 여자로써 다시 자신감이 찾아왔다.

"사실…… 브라운댄 백작을 만났어. 그리고 우연찮게 사부의 이야기도 듣게 되었지."

"아버지의 이야기를요?"

스엣이 자리에서 일어나 철창을 붙잡았다. 철창과 쇠고
랑이 부딪치며 요란한 소리를 냈다.

"어. 누가 사부를 해한 건지도 알아냈어. 그래서 결심했
어. 이제는 가만히 있지 않기로 말이야. 힘이 생기면 상대
가 누구든 어떻게든 복수할 수 있다고 생각하며 하루를 보
냈어. 하지만 그건 너무 안일한 생각이었어."

스엣은 복수심에 불타는 룬의 모습이 마냥 달갑지는 않
은 모양이었다.

어찌됐건 복수란 부정적인 것이었으며 그것을 떠안는
것은 본으로 충분하지 않을까. 그런 생각이 들었다.

하지만 룬은 월야의 제자였고 그가 어떤 선택을 하던 존
중해 주어야했다.

"그래서, 아버지를 그렇게 만든 사람이 누구인가요?"

스엣의 음성은 지나치게 침착해져 있었다.

"바르타인 공작."

"바르타인 공작……."

그녀는 룬의 말을 되풀이 했다.

"어느 정도 짐작은 했었어요. 확실해 지면 오라버니에
게도 말하려고 했었죠. 그런데 어떻게 그 사실을 알아내신
거예요?"

"그에게 필요한 것들을 내가 가지고 있음을 주시시키니

본인이 집적 말을 하더군. 아무리 산전수전 다 겪은 백전노장이라도 궁지에 몰리면 침착함을 잃고 마는 거 아니겠어."

룬은 책상다리를 하며 자리에 앉았다. 바닥이 더럽지만 큰 상관은 없었다. 그보다는 스엣이 자신의 높이에 맞춰 무거운 쇠고랑을 찬 채 일어 서 있는 것이 마음에 걸렸다.

"바르타인 공작에 대해 아는 게 좀 있어? 있으면 얘기 좀 해줘."

"제국은 4개의 구역으로 나눠져 있어요. 각자 왕을 배정해 그 구역을 통치하게 하고 중앙정부에서 총괄해서 관리하죠. 바르타인 공작은 중앙정부의 사람이죠. 그 외에 대외적으로 그에 대해서 알려진 것은 별로 없어요. 실제로 그를 본 사람도 많지 않고요."

"중앙정부의 최고 권력가라. 결국 그를 건드리기 위해서는 제국 전체와 상대해야 된다는 소리군."

"그렇다고 볼 수 있겠죠."

룬은 피식하고 웃었다.

"웃기는 일이야. 그 동안 힘을 길러야 한다는 이유로. 상대방을 찾아야 한다는 이유로 막연하게 복수를 생각해 왔어. 그런데 결국 우리가 상대해야 할 건 제국전체와 다름이 없잖아. 나는 여태껏 그냥 편하게 살고 싶어서 이런저런 핑계거리를 찾고 있었던 것 같아."

"그런 말 마세요."

스엣은 할 수만 있다면 룬의 머리를 쓰담아 주고 싶었다. 하지만 현실은 차디찬 철장으로 가로막혀 있었다.

"앞으로 어떻게 해야 할지 고민되네. 유렌이란 그자와 손을 잡을까, 아니면 너처럼 제국에 잠입을 해볼까. 생각해 보니 브라운댄 백작이 살아 있는 편이 좋았을 뻔했군."

"너무 급하게 생각하지 마세요. 길이 있을 거예요."

그렇게 말하는 그녀도 사실 눈앞이 깜깜하기는 마찬가지였다.

그녀의 계획은 제국에 남아 복수의 대상을 찾고, 언제까지건 때를 기다렸다가 자신의 최고의 장기인 암살을 시도하는 것이었다.

하지만 이제는 그 모든 것이 수포로 돌아가 버렸다.

"그런데 일이 터지기 전에 어디에 가 있었던 거야? 나한테 미리 언질을 해줬으면 이런 상황은 안 만들었을 텐데."

"레튼가에 가 있었어요. 수정구만 있었다면 오라버니에게 연통을 넣었을 텐데 그것도 없었고, 전서구를 사용하는 건 너무 위험해서 하지 않았어요. 생각해 보니 저 또한 의심하고 있었던 것 같아요."

"그랬었구나."

잭스의 존재를 눈치챘으니 스엣이라고 눈치채지 말라는 법은 없었다.

한편, 어느새 면회시간이 초과되어 경비병들이 다가오고 있었다.

"벌써 시간이 이렇게 흘렀나."

룬은 스엣과 다가오는 경비병들을 번갈아 가면서 보았다. 그리고 다급하게 말했다.

"이곳에 온 가장 중요한 얘기를 하지 않을 뻔 했네. 사부는 살아계셔."

"예?"

"살아계셔. 비록 세상에는 존재하지 않지만 죽지는 않으신 거야."

어느새 경비병들이 다가왔다.

"이제 가셔야할 시간입니다."

경비병이 룬의 팔꿈치를 붙잡았다. 룬은 스엣에게 시선을 떼지 않은 채 그들에게 이끌려 나갔다.

"살아계신다구요?"

그녀의 얼굴은 혼란으로 물들어갔다. 그 바람에 그녀는 브리튼과 있었던 일을 얘기해야 한다는 생각도 잊고 말았다.

❖

룬은 그래플아카데미로 돌아왔다. 평소에 잠을 자고 대부분의 시간을 보내던 기숙사가 어쩐지 낯설게 느껴졌다.

룬은 기숙사에 누워 이런저런 생각을 하다 아카데미밖에 있는 공터로 움직였다. 에일리아가 따로 보자는 말을 했기 때문이다.

에일리아는 이미 약속장소에 나와 룬을 기다리고 있었다.

"오셨어요."

그녀가 환하게 웃으며 룬을 맞았다.

"예. 몸은 좀 괜찮으신가요?"

"보시다시피요."

"다행이네요. 한데, 무슨 일 때문에 보자고 하신 겁니까?"

"룬님을 만나고 싶어 하시는 분이 계세요. 룬님이 충분히 관심을 가질만한 분들일 거예요. 조금 있으면 이리로 올 거예요."

"에일리아님이 소개시켜 주는 사람이라니, 누군지 기대가 되는군요."

"기대하셔도 좋지만 아마 룬님을 당황하게 만드는 행동을 할 거예요. 그래도 너무 언짢아 하진마세요."

룬은 에일리아가 말하는 자들이 누구이며, 어떤 말을 할지 내심 기대가 되었다.

"저……"

에일리아가 조심스레 운을 띄웠다.

"몸은 괜찮으세요?"

"괜찮습니다."

"하지만 저 때문에 큰 상처를……"

"큰 상처가 아닙니다. 보십시오. 이렇게 멀쩡하지 않습니까. 그러니 에일리아님께서 마음 쓰실 필요는 없습니다."

룬은 보란 듯 에일리아를 향해 옅은 미소를 지어보였다. 에일리아는 룬의 미소가 마음에 드는 지 따라 웃었다.

하지만 이내 심각한 얼굴이 되었다.

"이번에 죽을 고비를 넘기며 저는 제 마음에 대해 좀 더 확실히 알게 되었어요."

"……?"

"그래서 데이미안님을 만났어요. 그리고 헤어이지자고 말했죠."

룬은 순간 희뿌옇던 안개가 걷히는 것만 같았다. 하지만 그와 별개로 머릿속은 굉장히 혼란스러웠다.

룬은 에일리아에 대한 감정이 무엇인지 갈피를 잡을 수 없었다. 이제까지는 그저 심장이 뛰지 않는다는 이유로 그녀의 감정을 외면해 왔다.

하지만 그녀와 데이미안이 헤어졌다는 소리를 듣는 순간 심장이 쿵쾅거렸고 이제껏 판단했던 모든 것이 흔들거렸다.

룬은 스스로 제법 머리가 좋다고 자부했지만 감정은 머리를 굴린다고 알 수 있는 게 아니라 아무리 생각해봐도 도저히 알 수 없는 것이었다.

그것은 사실 부딪쳐보고 느껴보면 바로 알 수 있는 것인데, 머릿속으로만 생각하니 답이 나올 리 없었다.

감정이 시키는 대로 살아오지 않은 사람에게서 흔히 나타나는 증상이 룬에게 나타나고 있었다.

"그렇다고 저를 받아달라고 강요하는 건 아니에요. 룬 님과는 별개로 좋아하지 않는 사람과는 혼인할 수 없었기 때문이니까요. 그러니 부담 가지실 필요는 없어요."

"음……."

룬은 무언가 말을 해야 한다고 생각했지만, 막상 무슨 말을 해야 할지 떠오르지가 않았다.

"그냥 자연스럽게 흘러가는 대로 나두세요. 무언가 하기 위해 너무 애쓰시지 마시고요."

에일리아는 가볍게 웃어보였다.

'자연스럽게 흘러가는 대로라…….'

룬은 그 말을 곰곰이 곱씹었다.

"아, 마침 그분들이 오네요."

에일리아가 말한 사람들은 남자와 여자였다. 남자는 나이가 조금 있는 듯 보였으나 머리에 새치가 전혀 없고 윤

기가 흘렀다. 그 옆에 있는 여자는 어디에 내놔도 빠지지
않는 굉장한 미모의 소유자였다.

둘은 초록색으로 된 비슷한 옷을 입고 있었는데, 똑같이
귀까지 가린 초록 모자를 쓰고 있었다.

둘이 다가올수록 룬은 인간과는 다른 이질적인 무언가
를 느꼈다.

"엘프?"

엘프를 직접 본적은 없어 그들이 어떤 기운을 가지고 있
는지 알지 못했다. 하지만 저렇게 아름다운 생명체라면 엘
프밖에 없을 거란 확신이 들었다.

"껄껄. 안목이 제법이시군요."

네이처가 어느새 지척까지 다가와 말했다.

룬은 엘프인 그의 입에서 인간의 언어가 튀어나오는 것
이 이질적으로 느껴졌다. 중년인의 모습으로 백발이 무성
한 노인들이나 하는 말투를 하는 것도 이질감을 느끼는데
한몫했다.

그들이 다가오자 기분 좋은 풀잎냄새가 룬의 코를 간질
였다.

"반갑습니다. 룬이라고 합니다."

룬이 손을 내밀었다.

네이처가 룬의 내민 손을 빤히 바라보았다. 그러다 뭔가
깨달은 듯 룬의 손을 맞잡았다.

"인간을 만난 건 실로 오랜만이라 그들의 인사법을 잠시 망각했소. 반갑소. 네이처라 하오. 족장에게만 허락되는 자연의 이름이라오."

룬이 이번에는 리프에게 손을 내밀었다. 리프는 인간들의 인사법이 어떤 것인지 알았음에도 룬의 손을 멀뚱히 바라만 보았다.

"뭐하느냐."

네이처가 리프에게 핀잔을 주었다.

―흥. 우리에게도 우리만의 인사법이 있는 데 어째서 이자의 방법에 따라야 하죠.

그 말은 엘프어라 룬은 무슨 소리인지 알아들을 수 없었다. 하지만 그녀의 표정과 억양을 보아 대충 무슨 뜻인지 알 것 같았다.

―이곳은 인간들의 세상이란다. 그리고 우리는 그에게 아쉬운 소리를 해야 하는 처지야. 까탈스럽게 굴게 뭐가 있겠니.

―흥. 그래도 마음에 안 들어요.

리프는 으르렁 거리며 룬을 보았다. 룬이 이 여자가 왜 이러나, 머쓱해 하며 손을 빼려할 때 그녀가 룬의 손을 잡았다.

"리프예요. 그리고 우리에게도 나름의 인사법이 있는데, 너무 당연하게 인간들의 방법을 강요하는 거 아닌가요."

―이런, 리프야.

중간에서 네이처가 곤란한 듯 고개를 살랑살랑 저었다.

"아, 그냥 습관적으로⋯⋯. 언짢으셨다면 죄송합니다.
엘프의 방식으로 다시 인사를 하도록 하죠."

"흥. 됐어요."

"아닙니다. 제가 안 괜찮아서 그럽니다."

"뭐⋯⋯ 그렇다면야."

리프가 룬에게 가까이 다가와 룬의 볼에 자신의 볼을 갖
다 댔다. 그리고 3초간 있다 다시 원래의 자리로 돌아갔
다. 달빛에 비친 룬의 얼굴은 조금 붉어져 있었다.

에일리아가 어느새 사나운 얼굴이 되어 리프를 쨰려보
고 있었다.

"이게 엘프들의 인사법이에요. 서로의 얼굴을 맞대고
그가 가진 본연의 냄새를 느끼는 거죠."

"아ㅡ. 리프님에게서는 진한 나뭇잎 냄새가 났습니다.
리프님께서는 바람에 흩날리는 나뭇잎처럼 자유로우신 분
이군요."

"흥."

그녀는 콧방귀를 꼈지만 내심 룬의 말이 마음에 드는지
입술을 실룩실룩 거렸다.

둘이 그러고 있는 사이 네이처가 에일리아에게 다가와

조금 미안한 얼굴로 말을 걸었다.

"이제 이분과 이야기를 나눌 테니 잠시 자리를 양보해
주시겠습니까?"

"으음……."

에일리아는 룬과 네이쳐를 번갈아 가면서 바라보았다.

그녀는 사실 룬에게 묻고 싶은 것이 많았다. 룬이 무언
가 숨기고 있다는 것은 진작 느끼고 있었지만 그래봤자 검
술실력 정도 일 거란 정도였다.

하지만 그녀는 산맥에서 똑똑히 보았다. 룬이 소드마스
터인 요르망을 압도적인 힘으로 제압하고, 검술이 아닌 다
른 방법으로 제국의 기사들을 무력화 시키는 것을.

'뭐, 물어볼 시간은 얼마든지 있으니까.'

에일리아는 그렇게 생각하며 룬에게 인사를 건넸다.

"그럼 세분이서 이야기 나누세요."

에일리아는 룬을 지그시 바라보더니 이내 자리를 떠났
다. 룬은 멀어져 가는 그녀의 뒷모습을 보며 기분이 뒤숭
숭했다.

"정령왕에 관한 것을 숨기고 싶었던 것이 맞지요?"

에일리아가 사라리자 네이쳐가 다 알고 있다는 듯 한 얼
굴을 하며 룬에게 말했다.

"뭐, 그랬었지만 누군가의 말도 있고 해서, 제게 소중한
사람들에게는 얘기를 하려고 했었습니다."

"······?"

네이처는 룬이 무슨 말을 하는지 몰라 어리둥절했다.

"아닙니다. 잘 하셨습니다. 그런데 엘프들에게는 정령왕과 맹약을 맺은 사람을 알아보는 특수한 눈이라도 있는 겁니까? 여태껏 아무도 눈치 채지 못했는데 숲과 정령의 종족이라더니 너무 쉽게 알아 채버리니 허무할 정도군요."

룬은 정령의 종족이라는 엘프가 자신을 찾아 왔을 때부터 내심 정령왕과 관련된 일 때문일 것이라 생각했다. 하지만 단숨에 정령왕과 맹약한 것을 파악하는 조금 놀라웠다.

"엘프들이 정령과 친화력이 높다고는 하나 그런 괴상한 능력은 없소이다. 다만 당신의 몸에서 정령왕의 기운이 느껴지기에 확신을 한 것뿐이오."

룬은 잠시 자신의 몸을 살폈다. 네이처가 말한 정령왕의 기운이 대관절 어디 있나 아무리 살펴도 그것은 느껴지지 않았다.

─이자가 정말 정령왕과 맹약을 맺은 건가요?

리프가 네이처에게 말했다. 그녀는 룬을 보기 전까지 반신반의 하고 있었다. 하지만 룬에게서 정령에 관한 친화력이 전혀 느껴지지 않아 내심 실망하고 있었다.

그런데 네이처가 이렇듯 확신하듯 말하니 놀라지 않을

수 없었다.

어찌 친화력이 없는 자가 정령왕과 맹약을 맺을 수 있단 말인가.

-그런 거 같구나.

"실례가 되지 않는 다면 잠시 손을 봐도 되겠소?"

"어려울 것 없죠. 하지만 그 전에 용건을 먼저 말씀해 주셨으면 합니다만."

"돌려 말하지 않겠소. 우리는 정령왕의 힘이 필요하오."

이들이 엘프라는 것을 깨달았을 때부터 이미 짐작하고 있던 바였다.

대답은 곧바로 나왔다.

"아쉽게도 그럴 수 없을 것 같군요."

"얼마 전부터 맹약의 기운이 사라졌거든요. 설령 그것이 해결 된다 하더라도 이 힘을 원하는 사람이 한 명 더 있습니다."

"흐음."

네이처가 곤란한 얼굴을 하였다. 힘들긴 하겠지만 그 동안 결계 없이 마을을 지켜 내면 되 후순위 인 것은 크게 문제가 없었다.

하지만 정령왕과의 맹약이 끊겼다는 것은 그와는 차원이 다른 문제였다.

"맹약은 맹약자의 의지에 의해서만 해제가 가능하다고 알고 있소만. 그것은 정령계의 법칙으로 아무리 정령왕이라 해도 그 룰에서 자유로울 수는 없을 텐데. 설마 스스로 맹약을 끊어 버린 것이오?"

"굴러들어온 복을 왜 마다하겠습니까. 어떻게 된 건지 저도 잘 모르겠습니다."

"그럼 대체 무슨 일이 있었던 것이오?"

내심 룬도 궁금하던 터였다. 네이처는 정령의 종족인 엘프이니 어쩌면 그 실마리를 풀어 줄 수 있지 않을까 생각했다.

룬은 요정의보석으로 맹약을 맺고, 얼마 전에 정령계에서 있었던 일까지 모두 그에게 이야기 하였다.

"정령계를 다녀왔단 말이오?"

룬의 말을 들은네이처는 몹시 놀란 얼굴을 하였다. 리프 역시 내색은 하지 않았지만 놀라고 있기는 마찬가지였다.

"예. 정확한건 아니지만 불의 정령이 사는 곳 같았습니다. 불의 정령밖에 보이지 않았거든요. 제 추측이지만 정령들은 각자의 속성대로 사는 모양입니다."

룬은 조금 상황과 벗어나는 이야기이긴 하지만 네이처가 정령계에 관심이 있는 것 같아서 몇 마디 덧붙였다.

"제가 본건 이그니스와 살라만다인데 이그니스는 기록

과 다르게 크기가 집채만 했고 가진 힘은 형언할 수 없을
정도로 강한 것이었습니다. 대략 5써클마법사 정도로 알
려진 살라만다 또한 인간의 힘으로는 제압할 수 없을 만큼
강했습니다."

"당신도 제압할 수 없을 정도였소?"

"예."

"허허. 중급정령정도가 그렇게 어마어마한 힘을 가지고
있다니."

네이처의 얼굴은 할아버지에게 옛날이야기를 듣는 손주
와 같았다.

"정령계는 어떤 곳이오? 이곳처럼 산이나 나무, 냇물 같
은 것이 있소? 정령들은 어떻게 잠을 자고 어떻게 의사소
통을 하는 것이오?"

"음…… 정령계는 굳이 인간계와 비교하면 초원과 비슷
한 곳입니다. 노랗고 파란 풀들이 사방에 즐비하고 끝없는
평원으로 이뤄져 있었습니다. 대기에는 마나로 충만하고
기분좋은 풀냄새들이 났죠. 지금 두분에게서 나는 냄새와
비슷한 거 같군요."

룬은 아이처럼 질문을 퍼붓는 네이처의 모습이 귀여워
최대한 상세하게 대답했다. 네이처는 여전히 귀를 쫑긋 세
우고 경청을 하고 있었다.

아닌 척 하고 있지만 리프 역시 흥미로운 듯 룬의 말에

집중하고 있었다.

"정령들에게도 입이나 귀 같은 기관은 있는 거 같습니다. 하지만 의사소통은 물리적인 방법이 아니라 서로의 의지로써 하는 것 같더군요. 정확한 방법은 모르겠지만요. 잠을 자는 건 못 봐서 모르겠습니다."

룬의 말이 멈추자 네이처가 기다렸다는 듯 다시 질문을 퍼부을 태세를 하였다.

룬은 이대로 가다가는 사흘밤낮을 새도 모자랄 것 같아 얼른 눈치껏 말을 잘랐다.

"그건 그렇고 이일과 정령계에서 일이 연관이 있는 것입니까."

"아. 그것이…… 흠흠."

룬의 물음에 그제야 네이처는 본연의 목적을 깨닫고는 민망한지 얼굴을 조금 붉혔다. 리프는 룬이 정령계에 대해 더 이야기를 해주길 은근히 바라고 있었지만 자존심 때문인지 그냥 묵묵히 있었다.

"그 정령왕의 일부라는 것을 흡수한 뒤의 이야기를 좀 더 자세하게 해줄 수는 없소?"

"곧바로 혼절해서 기억나는 게 없습니다."

"흐음."

"아시는 게 있습니까?"

"잠시 손을 빌려주겠소?"

"어려울 것 없지요."

룬이 손을 내밀었다.

네이처는 룬의 손을 한 번 살피더니 덥석 잡았다. 룬은 네이처의 손을 타고 무언가가 전해지는 것을 느꼈다. 순간 네이처가 오한이라도 걸린 듯 몸을 부르르 떨었다.

"왜 그러십니까?"

"당신의 몸에 정령왕의 힘이 봉인되어 있소."

"흐음."

네이처는 자신이 가진 지식을 총 동원해 현재의 상황을 추리해 보았다.

일분여정도가 지나자 네이처는 내용이 어느 정도 정리 됐던지 입을 열었다.

"당신이 기절했다는 건 정령왕의 기운을 받아들이는 데 실패했다는 뜻이오. 정황상 현대 정령왕이 흡수되지 못한 전대 정령왕의 기운을 받아들여 현신했다고 보는 게 맞을 것이오."

"하지만 그가 말하길 본인이 정령왕이기에 전대 정령왕 의 힘을 받아들일 수 없다고 했습니다."

"현 정령왕이 본인의 힘을 잠시 봉인해 두고 전대 정령 왕의 힘을 받아 들인 것일 수도 있소. 그리고 그 장소는 바 로 당신의 몸이오."

룬은 의아한 표정을 지었다.

"그렇다면 그 기운을 제가 눈치 채지 못 할리가 없지 않습니까."

"정령왕의 힘은 세상을 뒤집을 수 있을 만큼 막강하오. 아마 정령왕은 그런 막대한 힘이 인간의 몸에 봉인 되어 있다는 것이 불안했을 것이오. 그래서 본인조차 눈치 채지 못하게 아주 은밀히 숨겨 놓았을 것이오."

"하지만 네이처님께서는 단번에 눈치 채지 않으셨습니까?"

"그건 내가 정령왕의 힘을 오랫동안 연구해온 엘프이기 때문이오. 정령왕에 대한 연구가 없어도 아니 될 것이며, 정령과 친구인 엘프가 아니더라도 눈치 채지 못했을 것이오."

네이처가 리프에게 눈을 돌렸다.

"네가 이 자의 몸을 한 번 살펴보겠느냐?"

리프는 어리둥절하였으나 이내 룬의 몸을 살폈다. 그녀는 인간이라고는 믿을 수 없을 만큼 룬의 막대한 힘에 놀라기는 했지만 정작 중요한 정령왕의 힘을 찾아 낼 수는 없었다.

"보셨소? 엘프인 이 아이도 찾아 내지 못할 만큼 아주 은밀한 것이오. 그러니 인간인 룬님이 찾아 내지 못하는 것은 당연한 것이오."

룬은 뭔가 석연치 않았으나 모든 정황이 들어맞고 논리

적으로 반박할 점을 찾지 못해 네이처의 말에 수긍했다.

"그럼 이제 어떻게 해야 합니까?"

"가장 좋은 방법은 정령계로 가 정령왕을 만나는 방법이오."

"저는 그곳에 어떻게 가는지 모릅니다."

"그렇다면 봉인된 힘을 풀어야하오."

"그게 가능 합니까?"

"심연의 성지. 그곳이라면 가능 할 것이오."

"그곳이 어디입니까?"

"엘프의 숲 안쪽에 단 한사람을 제외하고는 누구도 접근해보지 못한 한 곳이오. 그 한사람이 바로 전대 장로님이시자 정령왕과 맹약을 맺은 유일한 엘프인 아일라이님이셨지요."

네이처는 고개를 들어 올리며 과거를 회상했다. 자신에게 친절하게 정령을 다스리는 법을 가르쳐 주던 아일라이를 떠올리자 그의 얼굴의 화한에 젖었다.

하지만 마냥 감상에 젖어 있을 수만은 없었다.

"심연의 성지라는 곳에 가면 봉인된 힘을 깨울 수 있는 건가요?"

"그렇소. 아일라이님 또한 그곳에서 봉인된 정령왕의 힘을 일깨우셨소."

"음…… 그럼 일단은 그 심연의 성지라는 곳을 가봐야

겠군요. 마침 내일이 그들과 만나기로 한 날이니 같이 가서 상황설명을 해주실 수 있겠습니까?"

"그렇지 않아도 그들이 누군지 내 눈으로 직접 보고 싶었소이다. 정령왕처럼 어마어마한 존재의 힘이 과연 어떤 이들이 사용하게 될지 궁금했거든요."

"그럼 내일 아홉시 가량에 이곳에서 다시 보도록 하죠. 아, 엘프라서 모를 수도 있겠군요. 인간들 사이에서는 근래에 마법시계라는 것이 개발 되어서 정확한 시간에 맞춰서 약속을 할 수 있게 되었습니다."

"껄껄. 사실 그 마법시계를 발병한 건 엘프들이랍니다. 원래는 드워프들이 가진 손재주를 빌려 마법시계를 개발하려 했으나 마법적 지식이 부족하여 실패한 것을 엘프들이 보완해 만든 것이지요."

"아…… 그런 사실이 있는지는 몰랐군요."

룬은 민망하여 머리를 긁적였다.

"아무튼 그럼 이만 가보겠습니다."

인사를 건넨 룬은 다시 아카데미의 기숙사로 들어갔다.

다음날 네이처와 리프, 그리고 룬은 바르테오 일행을 만나기 위해 약속장소로 나갔다. 약속장소에는 바르테오와 유렌이 나와 있었다.

그들은 네이처와 리프를 보더니 경계의 눈빛을 보냈다.

하지만 그들에게서 느껴지는 이질적인 기운을 그들도 느꼈다.

"엘프?"

그들이 그렇게 추론한 이유는 룬과 같은 생각에서였다. 인간이 아닌 종족 중에 이렇게 아름다운 외모를 가진 종족은 엘프밖에 없었다.

"이번 일에 제3자가 끼어드는 건 조금 곤란한데."

바르테오는 그렇게 말하며 네이처의 전신을 재빠르게 훑어보았다.

"이분들은 엘프입니다. 인간사에는 개입하지 않으실 테니 걱정하지 않으셔도 됩니다. 더군다나 문제가 생겨 이분들의 도움이 필요한 상황입니다."

"문제라니?"

룬이 자초지종을 설명했다. 산맥에서 참사가 있었고 그때 정령왕의 힘을 쓰는 바람에 힘이 봉인 된 상태다. 그래서 심연의 성지에 가서 봉인된 힘을 깨워야 한다.

"흠. 번거롭게 되었지만 어쩔 수 없게 됐군."

바르테오는 오랜시간 기다려온 일이지만, 그래서인지 오히려 차분한 모습이었다. 좀처럼 기분을 드러내는 일 없는 유렌 역시 별다른 반응은 없었다.

"그런데 당신들은 어째서 이 자를 도와주는 겁니까?"

바르테오의 눈이 예리하게 빛났다.

"우리 역시 정령왕의 힘이 필요하게 때문이라오."

바르테오의 눈빛이 조금 사납게 변했다. 그것을 눈치챈 것인지 네이처가 바로 말을 덧붙였다.

"걱정하지 말라오. 물론 우리도 정령왕의 힘이 급한 건 맞지만, 엘프들은 신의를 중요시 여기는 종족이오. 인간 들처럼 중간에서 장난을 치거나 하지는 않을 거란 얘기 요."

"엘프들은 거짓말을 하지 못한다고 하지. 하지만 그건 엘프들의 아름다운 외모에 현혹된 인간들의 환상일 뿐이 죠."

"후후. 맞는 말이오. 내 가까운 지인중에 하나도 인간들 이 생각하는 엘프와는 다르게 아주 말괄량이에다 사납고 못된 녀석이 있으니 말이오."

얘기를 하면서 네이처는 슬적 리프를 보았다. 리프가 뚱 한 얼굴이 되어 입술을 실룩실룩 거렸지만 역정을 내지는 않았다.

"하지만 그래도 어쩌겠소? 기왕지사 이렇게 된 거 우리 들을 믿는 수밖에."

"그 심연의 성지라는 곳은 언제 갈 겁니까?"

"우리야 모든 준비가 되어 있습니다."

네이처가 룬과 리프를 둘러보며 말했다.

"그럼 일주일 뒤에 여기서 다시 보도록 하죠."

네이처가 룬에게 시선을 돌렸다.

"그러도록 하죠."

룬이 말했다.

"아―. 잠깐."

돌아서려는 바르테오를 네이처가 붙잡았다.

"실례가 안 된다면 정령왕의 힘으로 무엇을 할 것인지 물어봐도 되겠소?"

"인간사의 일에는 개입하지 않는 다고 들었는데?"

바르테오는 불편한 심기를 굳이 숨기지 않았다.

"물론 그렇소. 하지만 심연의 성지를 개방해주는 것 자체가 이미 인간사에 개입한 것이오. 더욱이 막대한 정령왕의 힘이니만큼 어떻게 쓰여질 것인지는 나도 알아야 겠소이다."

바르테오가 슬쩍 룬을 보았다.

"누구와 비슷한 질문을 하는 군. 좋습니다. 우리는 세상을 바꿀 겁니다. 부조리하고 불합리한 이 세상을 말이지요. 이제 됐습니까?"

"하지만 명심하세요. 오랜 시간을 살아오면서 저는 많은 인간들을 보았습니다. 그리고 인간들은 힘이 있을 때와 없을 때의 마음가짐이 판이하게 다르다는 것도 보았지요."

"힘에 의해 흔들리는 것은 신념이 없기 때문입니다."

그 말에 네이처가 살짝 웃어보였다.

"그럼 일주일 뒤에 봅시다."

제 7 장

심연의 성지

제 7 장
심연의 성지

룬은 가슴이 답답했다. 룬을 그렇게 만든 건 두 가지 이유에서였다.

복수에 대상을 찾았으나 현재로써는 딱히 방법이 없다는 것. 계속해서 누군가 생각이 난다는 것.

특히 룬은 사부의 원흉을 찾아낸 이 마당에 여자나 생각하고 있는 자신이 못마땅했다.

룬이 답답한 마음에 막 밖으로 나서려는 찰나 기다렸다는 듯 누군가 말을 걸어왔다.

"안녕하세요?"

그녀는 다름 아닌 룬의 가슴을 답답하게 만든 장본인이었다.

"아, 예."

룬은 차라리 잘 됐다고 생각했다. 이참에 자신의 가슴을 답답하게 만드는 이유가 무엇인지 확실히 알아야겠다고 생각한 것이다.

"어디 가시는 길인가보죠?"

"그냥 바람을 좀 쐬려고 나왔습니다."

"잘 됐네요. 저도 심심하던 찰나였는데."

그렇게 둘은 자연스레 같이 아카데미밖을 나가게 되었다.

둘은 어느새 울창한 숲을 걷고 있었다. 바르텐으로 가려면 훨씬 가까운 길이 있으나 둘은 약속이라도 한 듯 이곳으로 왔다.

풍경은 제법 괜찮았다. 만연한 봄기운을 받은 나무와 꽃들이 울긋불긋 피어 있었고 간간히 물줄기가 흘러내렸다. 하늘을 푸르렀고 바람은 선선했다.

마치 신선이 되어 하늘나라를 걷고 있는 듯 한 착각이 날 정도였다.

"좋네요. 날씨도 좋고. 모든 게 좋아요. 이렇게 살아있는 것도 감사하고 무엇보다……."

에일리아는 말끝을 흐리며 룬을 보았다.

"같이 있어 좋군요."

마지막 말은 룬이 했다.

에일리아는 룬의 말에 기분이 좋은 지 몸을 베베꼬며 홍조를 띠웠다.

"저는 여태까지 마음의 갈피를 잡지 못했습니다. 그건 모든 걸 머리로만 생각하는 제 성격 탓입니다. 에일리아님은 왕자님과 혼사를 약속했고 제게 있어 그것은 그 어떤 것으로도 뛰어넘을 수 없는 것이었습니다."

둘은 계속해서 걸어 나갔다.

"그런데 그 벽이 걷히고 나니 제 마음을 어느 정도 알겠더군요. 저는 사람과 마음을 주고 받는 방법을 모릅니다. 자라온 환경이 그렇게 만들었습니다. 그래서 지금 제 심정을 어떻게 표현을 해야 할지 모르겠습니다."

그 말을 듣는 순간 에일리아는 신기하게도 룬에 대해 가졌던 궁금증들이 더 이상 중요하지 않게 되었다.

왜 루텐영지의 망나니소리를 들었던건지, 산맥에서 보여주었던 것은 무엇인지, 대체 얼마나 강한 건지, 또 무엇을 숨기고 있는 건지.

"무엇을 하려고 너무 애쓰지 마세요. 지금처럼 모든 게 자연스럽게 지나갈 거예요."

에일리아는 가슴이 벅찬 듯 한 얼굴을 하고 있었다. 룬은 그 얼굴을 보는 것만으로도 지금까지 복잡했던 모든 것이 명료해 지는 것 같았다. 더 이상 가슴이 답답하지 않았다.

둘은 더욱 가까이 붙어 숲속을 걸어 나갔다. 가까워진 거리가 지금의 둘의 관계를 말해주는 것 같았다.

숲속을 벗어나고 얼마 지나지 않아 둘은 바르텐광장에 도달했다. 오늘따라 유난히 광장에 있는 동상이 맹렬한 기세로 하늘을 향해 횃불을 밝히고 있는 것 같았다.

"에일리아영애가 아니십니까."

룬과 에일리아가 광장 벤치에 앉아 쉬고 있는 데 누군가 말을 걸어왔다.

"아ㅡ. 브리튼님."

아주 잠깐이지만 그녀의 얼굴에 곤란한 기색이 스쳐지나갔다.

"못 본거라도 본 것처럼 뭘 그리 놀라십니까."

"놀라기는요."

브리튼은 곁눈질로 룬을 보았다.

"그런데 우리 조카며느리께서는 이곳에서 뭘 하고 계신 건가요?"

룬은 그 말을 통해 그가 데이미안의 하나뿐인 삼촌이라는 것을 알았다.

그리고 왜 에일리아의 얼굴에 곤란한 기색이 스쳤는지도 알 수 있었다.

"음…… 데이미안님에게 직접 듣는 편이 낫겠지만 이렇

게 만났으니 제가 말씀드릴게요. 우리의 혼사는 없던 일로 하기로 했어요. 사실, 정직으로 혼담이 오간 것도 아니지만요."

"오. 그런 일이."

브리튼은 조금 과장되게 놀라는 제스처를 취했다.

"우리 조카께서는 그래서 뭐라고 하십니까?"

에일리아가 브리튼의 말을 들으며 룬의 눈치를 살폈다.

"지금은 그렇고 다음에 말씀드리죠. 아니, 본인에게 직접 들으시는 편이 낫겠군요."

"흐음. 멋진 왕자와의 혼담을 무른 다라…… 단순히 여자의 변덕은 아닐 테고……."

하며 브리튼은 룬을 응시했다.

"설마 당신이?"

"룬입니다. 왕자님에게 한명의 큰 어른이 더 존재한다는 얘기는 들었지만 이렇게 실제로 보게 될 줄은 몰랐군요."

"호오. 생긴걸 보니 우리 조카며느리. 아니 에일리아영애께서 반할만 하시군요. 사실 멋진 걸로 따지자면야 우리 왕자님도 뒤지지는 않지만 말이지요."

"우리는 막 아카데미에 가려던 참이었어요. 실례가 안 된다면 이만 가도 될까요?"

브리튼의 말을 더 이상 들어주고 있을 수 없어선지 에일리아가 강하게 나왔다.

그녀는 룬의 팔을 끌어 당겼다. 룬이 그녀의 이끌림에 따라 자리에서 일어났다.

"그럼."

에일리아는 룬의 팔을 잡은 채 광장을 빠져나갔다.

"왕의 혈육인데 이렇게 무례하게 굴어도 괜찮습니까?"

룬이 조금 걱정스런 투로 말했다.

"그는 반역자에요. 목숨이 붙어 있는것만 해도 감사한 사람이죠. 그런 사람에게 이 정도면 충분히 예의를 차린 거에요."

에일리아는 브리튼을 만나고, 또 그래서 데이미안 생각이 나서 인지 더 이상 조금 무거운 마음으로 아카데미로 돌아갔다.

룬도 그녀의 마음을 어느 정도 짐작할 수 있을 것 같아 모른 척, 조용히 기숙사로 돌아갔다.

❖

바다가 보이는 외진 성. 바르타인 공작은 성에 올라 바다를 내려다보며 자신의 수족과도 같은 델파리오와 이야기를 나누고 있었다. 간간히 파도소리가 들려왔고 둘의 목소리와 어울려 제법 괜찮은 하모니를 만들어 냈다.

"브라운댄 백작이 죽었다고 합니다."

"의외군요. 그의 능력이라면 충분히 왕국을 접수할 수 있을 거라 여겨졌는데."

바르타인 공작의 목소리는 차분하고 조용했다. 목소리만 들어서는 제국 최고 권력자의 면모는 느껴지지 않았다. 모습도 위엄이 있는 것과는 거리가 멀었다. 여자처럼 갈색 머리를 길게 늘어뜨려 한쪽 눈을 가렸고 옷도 황금색과 붉은색이 어우러진 망토 같은 것을 걸치고 있었다.

"아쉽군요. 이 나라를 위해 해줄 일이 아직 많았던 사람인데."

"차라리 잘 된 것 아닙니까. 이 기회에 손도 쓰지 않고 자연스레 처리했으니."

그게 아니라는 듯 바르타인 공작이 고개를 저었다.

"사사로운 감정에 휩싸여 인재를 등용하지 않는 건 소인이나 하는 짓입니다."

"제 생각이 짧았습니다."

바르타인 공작은 고개를 끄덕이고는 자리에서 일어나 바다가 보이는 곳으로 움직였다. 바닷바람이 그에게 다가와 옷이 펄럭거렸다. 하지만 머리는 강한 무언가에 고정이라도 된 듯 미동조차 없었다.

혹자는 그의 왼쪽 눈이 애꾸라 하는 사람도 있었고, 혹자는 오드아이라는 사람도 있었다.

어찌 됐건 분명한 건 제국 내에서 그의 왼쪽 눈을 본 사람은 아무도 없다는 것이다. 수족과도 같은 델파리오도 마찬가지였다.

"그를 막아낸 핵심인물은 누구입니까?"

"데이미안 왕자입니다. 브농 후작과 관련 된 일. 그리고 반란을 일으키려는 영주의 동태까지 모두 파악하고 있었습니다."

"흐음. 직접보지는 못했지만 르니에르왕국의 왕자의 영민함에 대해서는 들어본 적이 있는 거 같군요. 하지만 과연 브라운댄 백작과 맞설 수 있는 인재인지는 의문이 드는군요."

"그래서 좀 더 깊게 알아보니 그의 그림자인 데카부네라는 인물이 있었습니다. 실질적으로 왕자의 대부분의 일을 수행하는 자입니다. 그리고 확실하지는 않지만 가장 마음에 걸리는 자가 있긴 있습니다."

"그게 누구입니까?"

"룬이라는 자입니다."

"룬?"

"그의 이력을 보면 아주 재미있습니다. 그는 루텐이라는 작은 영지의 귀족입니다. 제국으로 치면 폴튼지방정도

인 곳입니다. 게다가 그 변방의 곳에서도 행실이 좋지 못해 망나니로 불리고 있었습니다. 그런데 근래에 들어 왕국 최고의 아카데미라고 할 수 있는 그래플아카데미에, 그것도 그곳의 최고의 검술교관인 특기생으로 들어갔습니다."

"변방의 망나니가 최고의 아카데미에 입학했다라……확실히 흔히 볼 수 있는 일은 아니군요. 계속해보세요."

바르타인 공작은 모처럼 델파리오의 말에 흥미를 느꼈다.

"그리고 그는 다시 왕궁으로 와 제국의 사절단을 맡은 외교관노릇을 하였습니다. 뿐만 아니라 간간히 데이미안 왕자를 독대하기도 했으며 무엇보다 브라운댄 백작이 그를 사로잡길 원했다는 점입니다."

아무리 최고의 아카데미라고는 하지만 아직 학생이 사절단을 맡는 외교관 노릇을 한다는 것은 어불성설이었으며 왕자와 독대를 하는 것도 흔한 일은 아니었다.

하지만 무엇보다 바르타인 공작의 구미를 당기게 한 건 델파로이의 마지막 말이었다.

"자세하게 이야기 해 보세요."

"거사가 막 시작하려 할 때 브라운댄 백작은 대규모의 병력을 따로 돌려 그래플아카데미생들의 몬스터토벌 현장에 투입하였습니다. 목적은 그곳의 모든 인원을 몰살하는 것이었습니다. 단, 룬이라는 자와 공주를 제외하고 말이지요."

"공주는 만약을 대비해 인질로써 가치가 있는 인물이니 이해가 되지만 룬이라는 자를 사로잡으라는 건 확실히 이해할 수 없는 일이군요."

"더 이해하기 힘든 일은 그 뒤에 벌어졌습니다. 소드마스터인 요르망과, 그의 수제자인 메라헨센. 그리고 이그나이트기사단이 수십명이나 투입됐던 그 인원이 모두 몰살해 버리고 만 것입니다."

"당시 아카데미측의 전력은요?"

"아카데미생들 수십명과 수행기사들이 전부였습니다."

"그런데 오히려 정예 제국군이 몰살해 버렸다……. 그리고 당연히 룬이라는 자는 멀쩡히 살아 있겠지요?"

"그렇습니다."

"흐음. 확실히 얘기를 들어서는 뭔가 숨기고 있는 게 분명하긴 한 거 같군요. 하지만 브라운댄 백작은 단순히 그의 재능을 탐내 그런 일을 벌일 자는 아닙니다."

"그런데 이번 사건이 있고 해서 사람을 움직이기가 만만치가 않을겁니다."

"아아-. 그건 걱정하지 마세요. 이미 제2의 인물을 심어 두었으니까요."

"예? 그게 무슨……."

델파로이의 얼굴에 의문이 서렸다.

"뭘 그리 놀라십니까."

"아니 저는 그저. 그 짧은 사이에 어떻게 사람을 구하신 건지 의문이 들어서요. 그리고 그 사람을 과연 신뢰할 수 있는 건지도⋯⋯."

말을 하면서 델파로이는 무언가를 깨달은 듯 말끝을 흐렸다.

"설마 이미 다 알고 계셨던 겁니까?"

바르타인 공작은 조용히 미소 짓는 것으로 대답을 대신했다. 델파로이는 바르타인 공작의 몹쓸 취향을 떠올렸다. 그는 모든 것을 꿰뚫고, 아무것도 모르는 순진한 얼굴로 사람을 평가했다.

"델파로이님의 보고는 제법 훌륭하군요. 특히 그냥 간과할 수 있는 룬이라는 자의 존재를 파악한건 칭찬할만 합니다. 앞으로는 그 칭찬은 누구보다 델파로이님께서 빨리 받으셨으면 좋겠군요."

"⋯⋯."

델파로이는 농락을 당한 것 같은 기분이 잠깐 들었으나 그 보다는 이내 바르타인 공작의 정보력에 감탄하는 쪽으로 기울었다.

❖

데이미안은 자신의 집무실에 예견되지 않은 자가 들어

오는 것을 무척 싫어했다. 더욱이 그 자가 평소에 얼굴도 보기 싫을 정도로 불쾌한 사람이라면 차라리 서류더미에 파 묻혀 버리고 싶은 생각이 절로 났다.

"너는 삼촌이 왔는데도 인사조차 하지 않는 거냐?"

"우리가 다시 보는 일은 없었으면 좋겠다고 분명히 말씀 드렸을 텐데요."

가시가 돋친 말이나 데이미안의 표정은 무뚝뚝했다.

"네 애비와는 다르게 성격이 여간 까칠한게 아니구나. 예전이나 지금이나 변한 게 없어."

"제 아버지이기 이전에 이 나라의 국왕전하이십니다. 다시 한 번 아버님을 그런 식으로 모욕한다면 엄벌로 다스릴 겁니다."

"그래. 알았다. 앞으로는 어떠한 일이 있어도 네 앞에서, 내 동생. 아니 이 나라의 왕님을 국왕전하라 부르도록 하지."

브리튼이 졌다는 듯 두 손을 들어올리며 말했다. 데이미안이 브리튼을 싫어하는 이유는 단순히 이전의 불경스러운 일 때문만은 아니었다.

그는 왕족으로써 가져야할 위엄이나 체면같은 것이 전혀 없고 늘 어떻게 하면 비아냥거릴 수 있을지에 대해서만 고민하는 사람이었다.

"별다른 용건이 없으시다면 이만 나가주시는 게 어떻겠

습니까? 보시다시피 누구와는 다르게 해야 할 일이 많습니다."

"용건이라. 당연히 있지. 있고 말고. 설마 내가 용건도 없이 여자만날 시간도 없이 바쁜 조카를 만나러 왔으려고."

데이미안은 그가 삼촌만 아니라면 저 비아냥거리는 얼굴에 주먹을 꽂아 넣고 싶은 심정이었다.

"용건이 있다면 빨리 하고 가주시죠."

"암암. 그래야지. 그 서류를 다 보려면 다음날 동이 틀 때까지도 부족할 거 같으니 말이야."

브리튼은 데이미안이 보던 서류 한 장을 슬쩍 보더니 다시 제자리에 내려놓았다.

"그런데 조카야. 네가 만나던 붉은 머리의 미녀분과는 잘 되어 가고 있니?"

"……."

에일리아의 이야기가 나오자 무표정을 유지하던 데이미안의 얼굴이 살짝 굳어졌다.

"이런. 얼굴을 보아하니 잘 안 되고 있는 모양이구나. 그럼 그 소문들이 모두 사실이었어."

데이미안은 그 소문이 무엇인지 궁금해졌다. 하지만 그보다는 더 이상 브리튼과 말을 섞고 싶지 않은 마음이 더 컸다.

그런 데이미안의 속을 아는지 모르는지 브리튼은 계속 말을 이어나갔다.

"글쎄 말이다. 불경하게도 그녀가 너를 버리고 다른 남자에게 갔다는 거지 뭐냐. 룬이던가? 아무튼 그 기생오라비처럼 생긴 자에게 말이야. 말이야 바른 말로 너도 어디 가서 빠지는 얼굴은 아닌데 외모에 혹해서 그렇게 천박한 행동을 하다니…… 아무튼 이래서 여자들이란."

브리튼이 혀를 쯧쯧 찼다. 그 소리가 데이미안의 신경을 있는 데로 긁어 놓았다.

"그런데 너는 그런 자에게 이번 일에 공을 치한다는 소리가 있더구나."

데이미안은 대답을 하지 않은 채 미노타우루스의 모형을 바라보았다.

"오. 이런 그 말이 사실인 모양이구나. 조카야. 그자는 네 여자를 가로채간 자란다. 그런자에게 공을 치하한다는 것은 가당치 않는단다. 오히려 왕족의 명예를 더럽혔으니 응당 벌을 내려야 마땅하지."

"공과 사를 가릴 줄 알아야 진정한 왕족이라 할 수 있겠죠."

하고 잠시 뜸을 들이더니 다시 덧붙였다.

"그리고 그 소문은 잘 못된 겁니다. 대체 그런 소문을 낸 사람이 누구입니까?"

"이런. 나 때문에 애꿎은 사람이 벌을 받게 할 순 없지."

데이미안은 브리튼과의 이 의미없는 대화가 언제 끝이 날까 생각했다. 하지만 그건 미련한 생각이었다. 자신은 왕자였고 가문에서 버려진 삼촌의 말을 억지로 들어줄 필요는 없었다.

"그런데 그 소문 말고 다른 이유도 있다면 어떻겠니? 가령 연회장에서 있었던 자들과 내통을 한다던가, 그리고 귀중한 물건을 훔쳐갔거나 한다거나 하는 일 말이다."

그 말로 인해 데이미안의 답답함은 씻은 듯 날아갔다.

"그게 무슨 말입니까?"

"스위프트라는 여자 말이다. 이번에 사절단의 일원으로 와 지금은 지하감옥에 갇혀 있지. 그녀가 연회장에서 왕자인 너를 헤하려 하고 요정의 보석을 갈취해갔지. 그리고 그녀와 룬이란 자는 오래전부터 내통을 해오던 사이였어."

데이미안은 그녀를 사면해 달라는 룬의 요청을 떠올렸다.

"그런데 너는 의회에 그녀를 사면해 달라는 안건을 올렸다지? 네 아버지, 아니 왕의 피를 이어받아 은근히 무른 구석이 있구나. 혹여 그에게 빚은 진 것이라도 있는 것이냐? 그렇지 않고서야 네가 이렇게 무르게 일을 처리했다는 것이 믿기지가 않는구나."

데이미안은 대답이 없었다. 브리튼의 말의 진위여부를 따져보는 것인지, 아니면 그냥 인정하고 싶지 않은 것인지, 그도 아니면 그냥 머리가 너무 복잡해서 아무 생각도 나지 않는 것인지 알 수 없었다.

"그는 연회장에서 너를 공격하고 귀중품을 갈취해간 자와 내통한 사이다. 또한 왕자의 여인을 취한 파렴치한 놈이지. 그런 놈은 왕족의 권위를 위해서라도 반드시 벌을 받아야 한다."

역시 대답은 들려오지 않았다.

"네가 할 수 없다면 내가 하마. 도와줄 필요는 없다. 다만 막지만 말거라."

브리튼은 대답을 들을 것도 없다는 듯 곧장 집무실을 나갔다.

그토록 바라던 브리튼이 알아서 자리를 피해줬지만 데이미안의 머리는 엉클어진 머리처럼 혼란스럽기 그지 없었다.

바르타인 공작은 새롭게 올라온 룬에 관한 보고서를 차분히 읽고 있었다. 언제, 어디서 태어났으며 어떻게 살아왔는지, 그와 관련된 모든 것이 담겨 있었다.

바르타인 공작이 이미 알고 있는 것 외에는 특이할 만한 사항은 없었다. 하지만 거의 마지막 쯤 다다라 그의 관심을 끄는 것이 나타났다.

"바르테오……."

실로 오랜만에 불러 보는 이름이었다. 그 이름은 항상 그의 곁을 따라다니며 그를 괴롭혔다. 그는 무감각해져버린 왼쪽 눈이 욱신거려왔다.

"후후. 일이 재미있게 돌아가는 군. 룬이라……. 어쩌면 오랜만에 형을 만날 일이 생길지도 모르겠군."

바르타인의 입가에 잔잔한 웃음이 걸렸다. 하지만 누군가 그 웃음을 보았다면 그 끔찍함에 몸서리를 쳤을 것이다. 그가 그런 웃음을 지을 때면 반드시라해도 좋을만큼 무슨일이 벌어지고야 말았다.

❖

룬과 엘프일행은 바르테오와의 약속장소로 나갔다. 달이 막 지고 해가 떠오르려하는 이른 시간이었다. 약속장소에는 이미 바르테오의 일행이 와 있었다.

그런데 인원은 그때보다 세 명이 많아져 있었다. 한 명은 낯이 익었으나 다른 두 명은 처음 보는 얼굴이었다.

바르테오. 유렌. 트라울라. 그리고 정체모를 사내 두 명.

그 중 키가 크고 뱀의 눈을 한 자는 보이는 것만큼이나 흉흉한 기운이 흘러나왔다.

다른 자는 유렌만큼이나 평범해 보였는데 흘러나오는 기운 역시 주변에서 흔히 볼 수 있을 만큼 특색이 없었다.

네이처는 그들을 모두 훑어보았다. 바르테오. 유렌. 트라울라. 그리고 키가 큰 사내. 그에게 시선이 닿았을 때 네이처는 잠시 인상을 찌푸렸다. 그에게서 흘러나오는 기도가 굉장히 흉흉했기 때문이다.

그리고 드디어 마지막 인물에게 시선이 닿았다. 순간 그는 흠칫했다.

무념무상이라 했던가. 그에게서는 그 어떠한 것도 느낄 수가 없었다. 마치 하얀 백지와 같았다. 제일 무서운 것은 악한 자가 아니라 속을 알 수 없는 자라 했다.

네이처는 과연 정령왕의 힘을 일깨우는 것이 옳은 것인지 확신이 들지 않았다.

"생각보다 인원이 많군요. 하지만 사람의 수는 중요한 게 아니지요. 바로 출발하도록 하죠."

서로 통명성은 없었다.

트라울라는 룬을 알아보고 조금 으르렁 거렸지만 그뿐이었고, 다른 두 명은 룬 일행에 아예 관심조차 없는 듯 보였다.

네이처와 리프가 앞장을 서서 움직였고 바로 뒤에 룬.

그 뒤로 바르테오 일행이 뒤따랐다.

심연의 성지로 가며 룬은 은근슬쩍 바르테오에게 다가 갔다.

바르테오는 룬이 다가오는 것을 느끼고 슬쩍 룬의 걸음 걸이에 리듬을 맞췄다.

"세상을 바꾸신다지요? 지금 이 대륙의 중심은 제국이 고, 세상을 바꾼다는 건 제국을 몰아낸다는 뜻이지 않습니 까?"

"그러네. 새삼스레 그건 왜 묻나?"

"저는 제국의 아주 높은 사람에게 원한이 있습니다. 그 래서 그를 몰아내고 싶습니다. 우리는 같은 이해관계를 가 지고 있으니 도움이 될 일이 있으면 서로에게 힘이 되어 주자는 말씀을 드리고 싶었습니다."

"사실, 일찍이 자네를 눈여겨보고 있었네. 나의 네 제자 는 출신, 성격, 자라온 환경. 모든 게 달랐지만 결국 나와 같은 길을 걸었네. 어떤가? 자네 또한 나와 뜻을 함께 하겠 나?"

룬이 대답을 않고 잠시 망설였다.

"부담스럽다면 사양해도 괜찮다네. 그저 지금처럼 서로 필요할 때 도움이 되는 것도 나쁘지 않지. 허나, 자네가 나 와 뜻을 함께 한다는면, 나는 언제나 환영이네."

룬은 은근슬적 네 명의 제자를 보았다.

"저들은 아마 탐탁치 않아할 거 같군요."

"후후. 아마도. 그런데 대체 복수의 대상이 누구인데 이런 말을 하나?"

룬은 괜히 주위를 훑어보더니 속삭이듯 말했다.

"바르타인 공작입니다."

그 말을 듣던 바르테오는 흠칫거리며 놀랐다.

"왜 그러십니까?"

"아무것도 아니네. 너무 거물의 이름이 거론되어 놀랐을 뿐이네."

바르테오는 급히 정신을 추스르며 말을 했지만 룬의 눈에는 뭔가 석연치 않아 보였다.

"그는 황제를 제외하고 제국의 가장 높고 핵심적인 인물이네. 사실상 황제위에서 제국을 통치하고 있다고 봐도 무방하지. 그를 몰아내는 것이 곧 제국을 몰아내는 것과 진배없으니 자네와 나는 확실히 같은 곳을 향해 가고 있구먼."

일행은 어느새 엘프들의 마을에 들어섰다. 마을의 입구에 들어서자 미약하게 결계가 느껴졌다.

엘프들의 마을은 꼭 다른 세상 같았다. 분명 산맥의 일부일 터인데 족히 수백년은 될법한 나무들이 즐비했으며 짙은 나무와 풀, 열매냄새가 났다.

룬은 마치 정령계에게 당도했을 때처럼 공기부터가 다르게 느껴졌다.

룬 일행이 걸어가자, 나무 사이에서 엘프들이 나와 마치 희귀한 동물을 바라보듯 일행을 내려다보았다. 누군가는 호기심을 이기지 못하고 룬에게 다가와 말을 걸어왔다.

　－당신에게서는 좋은 냄새가 나는군요. 이름이 뭔가요?

　하지만 룬은 그녀가 무슨 말을 하는 지 알아 들을 수 없었다.

　－흥. 엘리나. 너는 종족을 초월하고 남자를 밝혀대는 구나. 이자는 엘프의 언어는 몰라. 네가 무슨 말을 하던 신경도 쓰지 않을 거라고. 우리는 바쁜 일이 있으니 이만 가주겠니?

　리프가 으르렁 거리자 엘리나라는 엘프도 지지 않고 눈을 치켜떴다. 하지만 네이처가 제지하자 엘리나는 못이기는 척 다시 나무위로 올라갔다.

　"엘프들은 저마다 다른 냄새가 나는군요. 리프님에게서는 나뭇잎 냄새가 났는데 저분에게서는 달콤한 열매 냄새가 나요. 그런데 저분이 뭐라 하신 겁니까? 왜 그냥 가시는 거죠?"

　룬에 리프에게 물었다.

　"왜요? 관심이라도 있으신가요? 엘프는 인간의 수명보다 몇 배는 길다고요. 당신이 쭈그렁 할아버지가 될 때쯤이면 엘리나는 막 한창 나이라 당신은 거들떠도 보지 않을 거예요. 그러니 신경 끄세요."

그런 뜻으로 말한 건 아닌데…… 하고 룬은 생각했지만 굳이 말을 하지는 않았다. 그녀는 늘 날이 서 있는 것 같기에 굳이 사소한 말을 나누고 싶지는 않았던 것이다.

일행은 엘프들이 살고 있는 숲을 지나쳐 쾌쾌한 냄새가 나는 거대한 동굴안으로 들어갔다. 동굴천장에는 종유석이 일정한 간격으로 달려 있었는데 달처럼 은은한 빛을 내었다.

쾌쾌한 냄새와는 다르게 동굴 구석구석에는 탐스러운 크리스탈이 떨어져 있었고 도랑처럼 맑은 물이 흘렀다.

동굴안에 들어서서 대략 십분쯤 걸어가자 밖으로 나가는 곳에 도달했다. 출구 너머로 보이는 곳은 음침한 늪지대와 비슷한 분위기가 났다.

"멈추시오."

네이처가 말했다. 그의 얼굴은 긴장한 듯은 딱딱하게 굳어 있었다.

"이곳이 심연의 성지요."

"듣던 것과는 다르게 평범해 보이는 곳이군요."

바르테오가 말했다.

"인간들의 눈에는 그렇게 보일지 몰라도 엘프에게 이곳은 말 그대로 심연인 곳이오."

그 말을 증명하듯 항상 자신감이 넘쳐 보이던 리프의 얼굴도 상당히 경직되어 있었다.

"이제부터 우리가 할 수 있는 일은 기다리는 것뿐이오."

하며 네이처는 룬을 바라보았다.

"준비 되었는가."

"예."

룬은 요정의 보석을 각성시켰을 때가 떠올라 조금 긴장한 얼굴이었다. 하지만 룬은 정령계까지 다녀온 탓인지 정령에 대한 두려움이 없었다.

그래서 심연의 성지이건 어디건 두려운 생각은 들지 않았다.

그런데 이유야 어쨌건 심연의 성지가 두렵지 않은 건 헬리오스 또한 마찬가지인 모양이이었다.

"저도 이자와 함께 들어가겠습니다."

좀처럼 나서는 일이 없던 헬리오스이기에 바르테오는 의아한 얼굴로 그를 바라보았다.

"이 안에서 무슨 일이 벌어지는 지 제 눈으로 확인하고 싶습니다."

그의 목소리는 평범한 외모, 평범한 기도와 어울리게 특색이 없었다.

"그렇습니다, 스승님. 이자가 안에서 무슨 일을 벌일지 아무도 모르는 데 마냥 손 놓고 있을 수만은 없습니다. 저도 함께 들어가겠습니다."

이유는 다르지만 트라울라도 헬리오스의 말에 동조했다.

"비록 요정의 보석이 이자의 손에 들어가 일이 복잡하게 되었지만, 엄밀히 말하면 그것은 우리가 가지려 했던 것이지 우리 것은 아니었다. 기왕지사 이렇게 된 거 서로에게 신뢰를 보이자꾸나."

그 말은 꼭 트라울라뿐만 아니라 룬에게도 하는 말 같았다.

"그래도 저는 들어가겠습니다. 저자를 못 믿는 것이 아니라 저안이 궁금하기 때문입니다."

트라울라는 바르테오의 말에 수긍한 듯 보였으나 헬리오스는 뜻을 굽히지 않았다.

"흥. 갑갑한 녀석 같으니. 너는 저기서 느껴지는 음침한 기운이 느껴지지 않느냐? 마계가 딱 저럴 거 같구나."

테르난도는 심연의 성지에서 흘러나오는 기분 나쁜 기운을 느끼고는 뱀 같은 눈을 더욱 가늘게 떴다.

"너는 어떠냐? 너도 들어가고 싶은 거냐?"

"저도 별로 내키지 않는군요."

유렌은 고개를 저었다.

네이처는 이들의 모습을 보며 내심 감탄했다.

심연의 성지는 엘프중에서도 상당히 수련된 자만이 느낄 수 있는 곳이었다. 하물며 상대적으로 자연과 덜 조화로운 인간이 심연의 성지의 음험한 기운을 느낀 다는 건 상당한 경지가 올랐다는 뜻이었다.

바르테오가 동의를 구할 요량으로 네이처와 룬을 번갈
아 가면서 보았다.

"저는 상관없습니다만."

룬이 말했다.

"이곳은 워낙 위험한 곳이라 만류했을 뿐 이자를 막을
권한은 내게 없소."

그것으로 룬과 헬리오스의 동행은 정해졌다.

룬이 헬리오스를 바라보았다. 헬리오스가 작게 고개를
끄덕였다

룬이 먼저 심연의 성지의 안으로 걸어갔다. 그 움직임에
는 망설임이 전혀 없었다. 룬에게는 이곳이 네이처가 말하
는 것처럼 음산하기만 한 곳이 아니었다.

그곳은 정령계와 마찬가지로 정령의 기운들로 가득했
고, 정령의 기운이 있다면 안전할 것이라는 막연한 생각이
있었다.

뒤이어 헬리오스도 발을 내딛었다.

둘이 심연의 성지에 들어서자 마치 마술이라도 부린냥
바로 앞에서 그들의 모습이 사라져 버렸다.

심연의 성지에 들어섰지만 둘은 마치 평범한 동굴 밖을
나온 듯 평온한 얼굴이었다.

"예상외군요. 내가 동행하는 것을 탐탁지 않을 거라 여

겼는데."

"그냥 얘기를 해보고 싶었습니다."

"……"

"당신의 스승께서는 세상을 바꿀 거라 했습니다. 하지만 당신의 스승을 제외하고는 딱히 정의로워 보이는 사람은 없어 보이는군요. 특히 큰 키에 작은 눈을 한 자는 오히려 악당에 어울릴 법하군요."

"테르난도입니다. 스승님의 첫 번째 제자이지요. 우리는 서로 다른 이해관계에 의해 만났습니다. 하지만 이제 우리는 한 배를 탔고 앞을 향해 나아갈 뿐입니다."

"본인들의 힘으로 그럴 수 있다고 생각하십니까?"

"글쎄요."

대답과 다르게 헬리오스의 눈에는 자신감이 엿보였다.

"이 불의 힘이 당신을 강하게 만들어 줄 거라 생각합니까?"

"내가 이뤄낸 것 이외에는 신뢰하지 않습니다."

"하지만 밖에 있는 사람들은 그렇게 생각하지 않는 모양이군요. 당신은 이미 저들 모두의 경지를 뛰어넘었지요?"

"……"

헬리오스는 대답을 하지 않았으나 부정하지도 않았다.

"저를 따라오신 이유가 뭡니까?"

"제 눈으로 보고 싶었습니다. 불의 정령왕의 힘을."

둘은 어느새 늪지대 같은 곳을 지나갔다. 늪지대 끝에는 거대한 절벽이 있었고, 절벽 중앙에는 고통에 찬 얼굴모양이 조각되어 있었다.

룬은 주변의 공기가 변한 것을 느꼈다. 그 기운은 절벽에 다가갈수록 더욱 선명하게 느껴졌다.

'요정의 보석을 각성시켰을 때와 비슷한 느낌이군.'

헬리오스는 어느 정도 걷다 이내 걸음을 멈추었다. 무언가 알 수 없는 것이 끌어당기고 있는 듯 한 느낌을 받았기 때문이다

룬은 마침내 절벽에 다다랐다. 룬은 절벽에 손을 올려댔다. 그 사이로 뜨거운 기운이 흘러나와 룬의 몸을 휘감았다. 룬의 내부를 휘감던 기운은 곧 외부로 나와 주위의 공기를 변화시켰다.

마침내 뜨거운 기운들이 한데 모이더니 일정한 형체를 만들어 냈다.

룬에게는 제법 익숙한 형상이었다.

ㅡ오랜만이군요.

룬은 전음으로 그에게 말을 걸었다.

ㅡ성지라…… 생각보다 일찍 봉인을 풀었군.

ㅡ어떻게 된 겁니까?

-그 전에 저 인간은 누구인가?

-이프리트님의 위용을 보고싶다 하여 온 인간입니다.

대답을 하며 룬은 뒤를 살짝 돌아보았다.

헬리오스는 이프리트의 압도적인 힘에 서있기도 힘든지 몸을 바들바들 떨고 있었다.

룬이 이프리트앞에서도 아무렇지 않은 건 그와 맹약을 맺었기 때문이다.

헬리오스는 이프리트의 모습은 마치 악마와도 같은 것 이었다.

-귀찮군.

이프리트가 손짓했다. 붉은 무언가가 헬리오스에게 날 아가 감싸더니 순식간에 모습이 사라졌다.

-그냥 밖으로 보내 버린 것이니 걱정할 것 없다. 우리도 자리를 좀 옮겨야 될 거 같군.

순간 거대한 회오리가 룬을 감쌌다. 룬은 거대한 바람에 눈을 감았다. 눈을 감아 보이지는 않지만 어딘가에 빨려 들어가는 느낌을 받았다.

눈을 떴을 때는 새로운 풍경이 펼쳐져 있었다. 그러나 완전히 새로운 것만은 아니었다.

-이곳은 정령계가 아닌가요?

-그렇다.

-갑자기 여기는 왜…….

─충분한 상태에서 봉인이 풀린 것이 아니기에 인계에 남아 있을 힘이 없기 때문이다.

─아.

룬은 수긍하면서도 한 가지 의문이 들었다.

"그럼 다시 인계에 현신하기까지 시간이 필요하겠네요."

룬은 굳이 마나술을 이용할 필요성이 없었기에 입을 통해 말을 했다.

─그렇다.

"이런."

곤란하기는 했지만 어느 정도 예상한 일이었다.

"그런데 인간인 제가 이렇게 수시로 정령계에 드나들 수 있는건가요?"

─성지와 봉인의 해제. 그리고 새로운 맹약이 만들어낸 일시적인 현상이다.

룬은 고개를 끄덕였다.

사실 정말 궁금한 것은 그것이 아니었다.

─그때 이곳에서 무슨 일이 벌어졌던 거죠? 저는 분명 전대 정령왕의 힘을 깨웠고, 의식을 잃고 깨어나 보니 상황은 끝나 있었죠.

─전대 정령왕의 현신은 실패했다. 엄밀히 말하자면 성공했다고도 볼 수 있다. 허나 그건 전대 정령왕의 힘이 스

스로 깨어난 것이야. 결과적으로 네 몸이 그를 감당하지 못하고 무너지게 된거지.

"그래서 이프리트님의 힘을 제 몸 안에 봉인해두고 전대 정령왕의 힘으로 현신했던 거군요?"

─제법 머리가 돌아가는 군.

"엘프의 추론이죠. 사실 제가 이프리트님을 기다린 건 다른 이유가 있어서예요. 누군가 강력한 불의 힘을 원하고 있죠. 그때 왔을 때는 경황이 없어 설명 드리지 못했지만요."

─정령은 인계에 현신에 있는 동안 맹약자의 말에 따른다. 그것이 법칙이다. 안 될 것 없는 일이지.

정령왕의 말을 듣던 룬은 문득 힘이 빠져 나가는 것이 느껴졌다. 뿐만 아니라 몸의 점차 희미해지기 시작했다.

"어……"

─걱정할 거 없다. 인계로 돌아가는 과정이니. 앞으로 다시 현신을 하기 위해서는 한 달의 시간이 더 필요하니 그때 볼 수 있겠군.

그 말을 끝으로 룬의 모습은 정령계에서 완전히 사라졌다.

─정령왕의 힘이 남아 있는 인간이라…… 하지만 너무 위험해. 차라리 영원히 모르는 채 살아가는 게 낫겠군.

＊

　브리튼은 룬이 의문의 일행과 함께 브리튼산맥으로 향한다는 보고를 받았다.

　"후후. 때마침 사냥하기 적절한 곳으로 들어가 주시는군."

　브리튼은 자리에서 일어나 장식대에 걸려 있는 검을 들었다.

　적의 영혼까지 베어버린다는 무적의 검사. 소울나이트가 썼던 검으로 그의 이름을 따 소울소드라고 불렀다.

　주인의 명성에 걸맞게 검은 보통의 롱소드보다 20cm는 더 길었으며 무게도 두배는 무거웠다. 무엇보다 피를 먹은 듯 붉은 검신은 상대로 하여금 두려움을 자아내게 만들기 충분했다.

　"오랜만이로군."

　브리튼은 얇은 천으로 소울소드의 검신을 정성스럽게 닦아냈다. 르니에르가는 전통적으로 검술에 능했다. 르니에르가문의 핏줄 치고 유약하다는 평가를 받는 현 왕만 하더라도 검술로는 누구에게도 뒤지지 않았다.

　브리튼은 스스로가 르니에르가문의 역사상 가장 강한 검사라고 자부했다. 르니에르 역사상 가장 강하다던 초대 왕 말롬 르니에르. 이미 그의 경지 또한 벌써 10년 전에 뛰어 넘은 상태였다.

"흥. 마음 약한 왕이 나를 살려준 것이라고? 웃기는 일이군."

10여 년전. 브리튼은 자신의 정당한 권리를 찾기 위해 군사를 일으켰다. 브리튼의 입장에서는 정의였지만 반대의 입장에서는 역모였다. 왕이 죽든가, 그가 죽든가. 둘 중에 하나로 결정난 일이었다.

하지만 결과적으로 현왕은 왕권을 유지하였고, 브리튼도 멀쩡했다.

이유는 간단했다. 토레논의 개입으로 서로 힘의 균형이 맞춰진 가운데 이러지도 저러지도 못하는 상황이 지속되다 보니 왕은 브리튼에게 영지를 내어주고 그곳에서 살 수 있도록 왕명을 내려 버린 것이다.

브리튼도 도박을 하고 싶지는 않아 못이기는 척 그의 뜻에 따라 은신을 하고 있는 중이었다.

그렇다고 그가 가진 전력이나 그의 검술이 퇴색된 것은 아니었다. 오히려 현 왕실이 흥청망청 재정을 낭비하는 사이 브리튼의 검술은 더욱 뛰어나졌고, 전력은 그때보다 강화되었다.

"오랜 시간이었어. 응당 내 것이 되어야 할 것이 너무 오랫동안 다른 사람의 손에 들어가 있었어."

피에나르. 헤지스. 브라운댄 백작.

브리튼은 그들이 하지 못한 일을 해낼 생각이었다. 혼자 힘으로도 충분했다.

하지만 누군가의 도움을 굳이 뿌리칠 필요는 없었다. 그
누군가가 제국 최고의 권력가라면 더더욱. 브리튼은 그와
의 협력의 증표로 룬을 사로잡아 그에게 보낼 생각이었다.

"그럼 사냥을 시작해볼까."

마침내 브리튼이 자리에서 일어났다. 붉을 빛을 내뿜고
있는 소울소드가 유난히도 빛나고 있었다.

룬과 헬리오스가 안으로 들어가자 남은 일행들 사이에
는 침묵이 감돌았다. 딱히 친해져야할 이유도 없거니와 공
통사도 없는 그들이었다. 심지어 종족마저 달랐다.

간혹 리프가 네이처에게 엘프어로 무어라 말하는 것 외
에는 침 넘어가는 소리가 들릴 만큼 조용했다.

그런데 그때 따뜻한 바람이 불더니 돌연 헬리오스가 모
습이 나타났다.

"어떻게 된 것이냐?"

바르테오가 조금 놀란 듯 한 얼굴로 물었다.

"잘 모르겠습니다. 따뜻한 바람이 저를 감싸더니 이곳
으로 데려왔습니다."

"한데, 그자는?"

"아직 안에 있는 거 같습니다."

"정령왕은 보았느냐?"

"예."

대답을 하는 헬리오스의 얼굴은 사색에 질려 있었다.

-큰일났습니다.

바르테오와 헬리오스가 대화를 나누고 있는 가운데 누군가 네이처에게 다급하게 뛰어오고 있었다.

엘프의 언어였다. 말을 한 이는 갓 100살에 접어든 젊은 남자 엘프였다.

-무슨 일이냐?

-지금 마을에 인간들이 쳐들어오고 있습니다.

네이처는 본능적으로 바르테오를 바라보았다.

"우리와는 상관없는 일입니다. 그래도 일단 그곳으로 가보시지요."

"그럽시다."

일행은 모두 왔던 길을 되돌아갔다.

엘프의 마을 외곽 쪽에서는 중무장을 한 인간무리와 엘프간에 실랑이가 벌어지고 있었다.

"인간의 언어를 할 수 있는 엘프가 있으면 나오시오."

좌측에 붉은 검신을 메고 있는 중년의 사내. 브리튼이 말했다.

브리튼의 말에 삼백여 년을 산, 그러나 인간의 기준으로는 이십대의 외모를 한 엘프 한명이 앞으로 나왔다.

"엘프들과는 분란을 일으킬 생각은 없소. 다만 이 안에 들어간 인간들과 볼일이 있을 뿐이오. 그러니 길을 비켜주 시오."

"이곳은 엘프들의 마을입니다. 함부로 인간들을 들여보 낼 수는 없습니다. 정 그들과 볼일이 있다면 밖에서 기다 려 주십시오."

남자엘프의 음성은 기계처럼 딱딱했다.

"나갈 수 있는 길이 이곳밖에 있는 것도 아니고 그들이 도망을 안 간다는 보장이 어디 있습니까?"

"엘프들의 마을은 결계로 뒤덮여 있습니다. 나갈 수 있 는 길은 이곳뿐입니다."

"흥. 그깟 결계야 우리도 이렇게 뚫었는데 그자라고 못 하리라는 보장은 없지."

"당신들의 사정이 어떻든 협조해줄 생각이 없습니다."

"흥. 말로 해서는 도통 들어 먹질 못하는 군."

순간적으로 브리튼의 기세가 거세게 피어올랐다. 그는 될 수 있으면 바르텐시와 먼 이곳에서 룬을 사로잡고 싶었 다. 그래야 누구의 눈도 의식하지 않고 룬을 바르타인 공 작에게 빼돌릴 수 있으니 말이다.

"그렇다면 어쩔 수 없지."

마침내 브리튼이 검을 빼 들었다. 그러자 약속이라도 한 듯 중무장을 한 기사들이 뒤따라 검을 뽑았다. 마치 악기라도 연주하는 듯 한 소리가 엘프의 마을에 울렸다.

그런데 그때 마침 네이처가 이곳에 도착했다.

"내가 이곳의 족장이오. 무슨 일이시오."

그에 대한 대답은 젊은 엘프에게서 들려왔다. 대강의 상황설명을 들은 네이처는 고개를 끄덕이며 브리튼을 바라보았다.

"이곳에 있는 분은 우리에게도 꼭 필요하신 분이오. 그러니 그분을 잡아가려거든 우리와의 전면전을 벌여야 할 것이오."

네이처도 지지 않고 기세를 피어올렸다.

한편, 바르테오일행은 한발 뒤에서 상황을 지켜보고 있었다.

"흐음. 저자의 기세가 만만치 않구나. 엘프들만으로 막을 수 있을지 모르겠어."

"우리가 가서 싹 쓸어버리면 되는 데 뭐가 걱정이십니까."

테르난도가 짝 찢어진 눈을 더 가늘게 뜨며 말했다.

"아무리 이곳이 왕국이라지만 섣불리 모습을 드러내서는 안 돼. 더욱이 불필요한 살상은 용납할 수 없는 일이야."

"어차피 조금만 있으면 메지아가 완성될 것이고 세상에

나가야 합니다. 또한 그 과정에서 살인은 피할 수 없는 일입니다."

"그렇기는 하다만 필요를 위해 하는 살인과 대의를 위해 하는 살인을 동일선상에 놓을 수는 없다."

"넓게 보면 이 일 또한 대의입니다. 우리는 불의 힘이 필요하고, 그것은 룬이라는 자에게 있습니다. 그러니 그를 지키는 것이 바로 지금의 대의입니다."

"흐음."

바르테오는 나서는 것이 썩 내키지는 않지만 테른난도의 말이 일리가 있는지라 간과하고 넘어갈 수만은 없었다. 유렌과 헬리오스의 반응을 살펴보니 그들도 테르난도의 생각과 별반 다를 것이 없어보였다. 호전적인 성격인 트라울라는 말할 것도 없었다.

"일단은 제가 먼저 가서 상황을 보도록 하겠습니다."

때마침 룬이 상황을 듣고 도착했다.

"어찌되었건 저의 일이니 제 선에서 해결해 보도록 하죠."

"괜찮겠나? 상대는 수도 많고 만만치 않은 자들이야. 차라리 몸을 피하는 것이 어떤가?"

"저 때문에 벌어진 일인데 그럴 수야 없죠. 그리고 우리 약속에 대한 이야기는 다음에 하도록 하죠."

룬은 바르테오의 일행을 지나쳐 브리튼이 있는 곳으로

움직였다. 바르테오는 이 자리에서 좀 더 자세한 이야기를 나누고 싶었으나 상황이 상황이니만큼 룬을 제지하지 않았다.

룬이 현장에 도착할 즈음에 브리튼이 젊은 엘프를 향해 검을 내지르고 있었다. 젊은 엘프는 엘프답게 가벼운 몸놀림을 가지고 있었지만 브리튼의 공격은 그보다 조금 더 빨랐다.

결국 젊은 엘프는 목에 작은 혈흔을 남긴 채 뒤로 물러나야했다.

이에 멈추지 않고 브리튼이 곧바로 오러를 머금은 칼을 엘프의 배를 향해 찔러 넣었다.

하지만 브리튼은 원하던 목적을 이룰 수 없었다. 어느새 룬이 다가와 브리튼의 검을 튕겨내버린 것이다.

브리튼은 검을 타고 손이 떨려오는 것을 느꼈다. 그는 자신의 검과 룬을 번갈아가면서 보았다. 그리고 이 떨림이 룬에 의해 만들어진 것인지 생각했다.

하지만 그건 생각할 필요도 없는 것이었다.

"브리튼산맥에서 무사히 빠져나왔다는 이야기를 들었을 때 내가 알지 못하는 무언가가 있을 거란 짐작은 했었지. 그런데 그 비밀이 바로 자네한테 있었던 모양이군."

브리튼은 피가 끓어올랐다. 그것은 실로 오랜만이라 주체하기가 힘들었다.

하지만 룬은 바르타인에게 받쳐져야할 재물이었다.

그런 재물을 함부로 다룰 수는 없었다.

브리튼은 가까스로 끓어오르는 기세를 누그려 뜨렸다.

"그냥 담소나 나누자고 왔을 리는 없을 테고. 이곳까지는 무슨 일로 오신 겁니까?"

"그야 나를 따라가 보면 알 수 있네."

"흥."

룬은 코웃음을 치며 브리튼의 의도를 생각해 보았다. 하지만 딱히 짚이는 것은 없었다. 아니, 딱 한가지가 있긴 있었다.

'설마 스엣의 정체가?'

그것이라면 브리튼이 군사를 이끌고 이곳에 온 것이 설명 되었다.

하지만 그랬다면 브리튼과 그의 사병이 아닌 왕실근위대가 출동했어야 될 일이었다.

"무슨 일 때문에 오신 건지 듣고 따라갈지 말지 결정하도록 하죠."

"이런. 뭔가를 오해한 모양이군. 자네에게는 선택권이 없네. 순순히 따라가든가, 아니면 내 손에 이끌려 가든가. 둘중 하나네. 자네는 그중에 후자를 선택한 모양이군."

"이유는 모르겠으나 제게 칼을 겨누었으니 응당 그에 맞는 대우를 해드려야겠지요."

룬의 손에 파이어소드가 피어올랐다.

"아주 좋은 자세군."

브리튼이 비릿한 웃음을 지었다.

"다들 들어라. 이자와 자웅을 겨룰 테니 누구도 나서지 마라."

"예."

수십 명의 기사들이 일제히 대답했다. 그 소리에 나무에 앉아 있던 새들이 놀라 파드득 날아갔다.

"소울소드의 상대를 만나는 건 실로 오랜 만이군."

브리튼이 혀를 낼름거리며 소울소드를 핥았다.

"소울소드……."

브리튼의 검을 본 룬이 조금 놀라는 얼굴을 하였다.

"소울나이트가 누군가에게 패배하였다는 말은 들었지만 그게 당신일 줄을 몰랐군요."

"후후. 그걸 알아도 이미 늦었네. 그러기에는 내 투지가 너무 타오르고 있거든."

"저 또한 제 격식에 맞는 상대를 만나 기뻐하던 참입니다."

"크크. 그렇게 나와야지."

브리튼의 소울소드에 어느새 시뻘건 오러가 뻗어 나왔다.

"그런데 저들을 저리 석상마냥 세워둘 참입니까? 저라면 전사로써의 본능보다는 이성을 택할 것 같군요."

"난 누구보다 이성적이야. 나 혼자서도 자네를 상대하기에 충분하다고 생각할 뿐이지."

"뭐, 차라리 그러는 편이 나을 수도 있겠군요. 그렇지 않다면 뒤에 계신 분들이 가만히 있지 않을 테니."

"쓸데없는 말로 시간을 끄는군."

브리튼은 더 이상 룬의 말장난을 받아줄 생각이 없었다. 그의 신형이 활시위처럼 순식간에 룬에게 날아들었다.

룬은 파이어소드를 아래서 위로 그었다. 검을 타고 붉은 섬광이 브리튼을 뒤덮었다. 브리튼은 속도를 멈추지 않았다. 섬광을 찢고 그대로 돌진할 생각이었다. 소울소드와 오러라면 충분히 그럴 수 있었다.

하지만 브리튼은 섬광을 맞닥뜨린 순간 자신의 생각이 잘못 됐음을 깨달았다.

섬광을 찢기는커녕 오히려 그 위용에 크게 뒤로 밀려나는 수모를 격고 만 것이다.

룬은 제자리에서 껑충껑충 뛰며 한껏 여유로운 행동을 취했다.

"이런. 내가 소울소드의 상대에게 너무 예의가 없었구면. 이제는 상대방에 대한 예를 갖춰주도록 하지."

브리튼은 룬의 손짓 한 번에 뒤로 밀려나는 수모를 겪었지만 여전히 여유로운 얼굴이었다.

브리튼의 오른 손이 달궈진 쇠처럼 붉게 물들더니, 그 손을 타고 소울소드에서 오러블레이드가 발현되었다.

"그건…… 소울 블레이드."

룬의 얼굴에 놀람이 서렸다.

소울 블레이드는 소울 나이트가 사용한 오러블레이드였다. 영혼을 베는 오러라는 뜻으로 호가사들은 그를 소울블레이드라고 불렀다. 그 오러를 본 사람은 반드시라 죽음을 면치 못하였기에 붙여진 이름이었다.

"이걸 알아보다니 견식이 제법이군. 사실 소울나이트는 나의 스승님이셨지. 다만 언젠가부터 소울소드의 주인으로 내가 더 적합해졌을 뿐이야. 자, 그럼 예를 갖춰 다시 가도록 하지."

브리튼이 다시 룬에게 쇄도했다. 그가 지나간 자리에는 선 하나가 그어져 있었다. 소울블레이드가 바닥을 지나며 만든 것이다.

룬은 아이스레인을 시전했다. 얼음비가 브리튼의 머리 위로 쏟아졌다. 브리튼은 파리를 쫓듯 소울소들 휘둘러 아이스레인을 무력화 시켰다.

룬은 뒤이어 체인라이트닝을 날렸다. 브리튼이 가소로운 듯 검을 휘둘러 체인라이트닝을 소멸시켰다.

지지징-.

그러나 짜릿짜릿한 기운이 전해졌다. 물을 머금은 그의 검을 타고 전기가 통한 것이다.

"마법?"

브리튼의 동공이 조금 흔들거렸다. 손에서 느껴지는 짜릿한 기운은 별거 아니었다. 하지만 룬이 마법을 사용한다는 사실 자체는 꽤나 신선했다.

"매직미사일."

룬은 브리튼을 기다려줄 생각이 없었다. 매직마사일을 중첩캐스팅하여 그에게 날렸다.

'이따위 마법 쯤이야.'

브리튼은 왼손을 내밀어 매직미사일을 잡아 버렸다. 주먹을 쥐어 소멸시켜버릴 생각이었다.

파지직――.

하지만 그건 그의 바램일 뿐이었다. 매직미사일을 잡은 그의 왼손은 껍질이 다 벗겨졌고, 그에 그치지 않고 손을 빠져나와 가슴을 강타시켰다.

브리튼의 신형이 조금 흔들거렸다.

룬이 이를 놓치지 않고 귀신처럼 파고들었다.

'멍청하군.'

브리튼은 예상치 못한 매직미사일의 위력에 내심 당황하면서도 그 틈을 타 룬이 쇄도할 것을 예상하고 있었다. 그래서 은근슬쩍 오른손에 마나를 집중시키고 있었다.

"끝이다."

허나 그의 손 끝에 전해지는 감촉은 없었다. 그의 검은 애꿎은 바닥만 벨뿐이었다.

그가 고개를 들어 앞을 보니 룬이 놀리듯 몸을 빙글빙글 돌리고 있었다.

그 모습을 본 순간 브리튼은 속에서 무언가가 부글부글 끓는 느낌이었다.

"죽여버리겠다. 햐압."

그의 쇄도는 실로 위협적이었다. 하지만 룬은 그가 올 것을 생각해 블링크의 좌표를 계산해 놓은 상태였다. 브리튼의 쇄도는 애초의 목적을 잃고 흐지부지 끝나고 말았다.

위위윙-

브리튼의 귓전에 무언가가 감지되었다. 매직미사일이었다. 왼손을 내밀던 브리튼은 방금 전의 상황을 잊지 않고 소울블레이드를 휘둘러 매직미사일을 베었다.

매지미사일이 허무하게 사라져 갔다. 하지만 상관 없었다. 그것은 중첩캐스팅 한 것도 아니고, 그를 시전하는 데는 조금의 마나와 집중만 하면 되는 것이었다.

그를 알리 없는 브리튼은 소울블레이드로 고작 일써클 마법을 막은 것이니 망치로 파리를 잡는 것과 다를 것이 없었다.

룬은 거리를 주지 않고 계속해서 마법을 날렸다. 전기, 물, 불, 바람. 여러 계열을 그리고 위력이 천차만별인 마법을 무수하게 브리튼을 향해 날렸다.

브리튼은 기가 찰 노릇이었다. 마법을 이토록 바르게 캐스팅하는 마법사가 있다는 얘기는 들어 본적이 없었다. 더군다나 날아오는 마법의 위력이 하나같이 중구난방이라, 어떤 것을 무시하고, 어떤 것을 얼마의 힘으로 막아야 하는 지 가늠을 할 수가 없었다.

약해 보여 몸으로 받아 내니 제법 위력이 상당하고, 강해 보여 소울블레이드로 제거하니, 사실 저 써클의 형편없는 마법이었다. 간혹 올바르게 대응하기도 했지만 그것은 현 상황에 별로 도움이 되지 않았다.

"헉헉."

어느새 브리튼의 입에서 거친 숨이 새어나오고 있었다.

한편, 둘의 대결을 보고 있던 테르난도의 몸에서는 은은한 투기가 피어나고 있었다. 그는 지금 당장이라도 내려가 룬과 한바탕 하고 싶은 심정이었다.

"놀랍구나. 검과 마법을 동시에 사용한다는 것도 대단하지만 마치 수백 번은 전투를 치러본 듯 정교하고 치밀한 움직임이야."

바르테오의 말은 테르난도의 투기를 피어 올리기에 충분했다. 비단 그것은 테르난도뿐만이 아니었다.

트라울라는 말할 것도 없고 감정을 잘 드러내지 않는 헬리오스도 마찬가지였다. 룬과의 결전을 치러본 유렌은 흥분한 기색마저 보였다.

"단 한 합으로 상대의 힘을 가늠한 뒤에 전투의 방식을 완벽하게 구상했구나. 특히나 상대방의 노림수에 걸려 든 척 다가가 블링크로 뒤로 빠지는 것은 치밀하면서도 실로 대담해. 비단 뛰어난 것은 전투를 보는 눈만이 아니야. 저토록 마법을 빠르게 캐스팅하면서도 한 치의 실수 없이 완벽하게 상대를 옭아매다니 눈으로 보지 않고서는 믿을 수 없을 정도구나."

"흥. 그래봐야 저딴 겉멋만 번지르르하게 든 놈 한 명을 상대했을 뿐입니다. 아마, 저 자리에 제가 있었다면 상황은 완전히 뒤바뀌었을 겁니다. 그렇지 않느냐 트라울라."

"흥. 그걸 말이라고 하쇼 형님."

바르테오 일행이 이야기를 나누고 있는 사이 룬이 브리튼을 향해 쇄도해 들어갔다.

브리튼은 또 쇄도하는 척 하다 사라지겠지 하고 생각하며 반격을 하는 척만 하였다.

그러나 룬의 이번 쇄도는 진짜였다. 브리튼은 급하게 검을 들어 룬의 파이어소드를 막았다.

브리튼의 소울블레이드가 파이어소드를 막아냈지만 그 여파로 그의 몸이 휘청거렸다.

"이제 마지막입니다."

룬은 두 손을 높이 들어올려 그대로 내리찍었다. 브리튼은 남아 있는 모든 힘을 소울블레이드에 룬의 파이어소드를 막았다.

챙-.

반으로 부셔진 소울소드가 바닥을 뒹굴며 차디찬 금속음을 냈다.

브리튼이 망연자실한 얼굴로 바닥을 뒹굴고 있는 소울소드를 바라보았다.

"소울블레이드는 강합니다. 하지만 그것을 사용할 줄 모르는 사람에게는 무용지물일 뿐이죠. 당신은 소울소드를 가질 자격이 없습니다."

그 말을 끝으로 룬이 브리튼의 복부에 주먹을 꽂아 넣었다.

그런데 그때였다. 화살다발이 룬에게 날아들었다. 룬은 피하지 않고 화살을 향해 손바닥을 펼쳤다. 화살들이 자석에 붙은 듯 갑자기 멈춰서더니 이내 바닥으로 떨어졌다.

그 사이 브리튼의 사병들이 룬을 에워쌌다. 또 몇 명은 룬에게 바싹 다가와 검을 휘둘렀다.

룬은 브리튼과 떨어지지 않은 채 하나는 파이어소드로. 다른 하나는 상체를 숙여 피했다. 또 다른 하나는 오러실드를 일으켜 그냥 몸으로 받아냈다.

그는 검에 찔리고도 멀쩡한 룬을 보고 귀신이라도 본 듯 놀라 뒷걸음질 쳤다.

그 사이 다시 석궁이 룬에게 날아왔다. 룬은 다시 손을 들어 베리어를 펼쳤다.

"……?"

하지만 석궁중 하나에는 오러가 서려 있었고 베리어를 뚫고 그대로 룬에게 날아왔다.

가까스로 피하기는 했지만 룬의 왼쪽 뺨에 붉은 선 하나가 그어졌다.

룬이 정신을 추스르기도 전에 어느새 브리튼이 붉게 물든 주먹을 룬의 배를 향해 찔러 넣었다.

그런데 그때 채찍 같은 것이 하나 날아와 브리튼의 주먹을 휘감았다.

"흥. 전사로써 긍지도, 자존심도 없는 놈이군."

그는 다름 아닌 테르난도였다.

"하는 짓이 영 마음에 들지 않는군. 소을블레이드라고? 나한테 한 번 써보라지. 단박에 박살내 줄테니까."

트라올라는 콧김을 씩씩 내뿜었다.

"도와 주셔서 감사합니다."

"흥. 이놈 하는 꼬라지가 마음에 들지 않아 나섰을 뿐이니 고마워할 것 없소."

"웬 놈들이냐?"

"너희를 지옥으로 안내할 놈이지."

테르난도가 비릿하게 웃었다. 순간 그의 손에서 채찍이 나와 말을 한 기사의 목을 휘감았다. 그리고 그의 목은 순식간에 몸과 분리 되었다.

지지 않고 트라울라가 곧바로 기사하나를 향해 두 주먹을 휘둘렀다. 그 기사의 머리가 터지며 온갖 분비물들이 흘러나왔다.

그들은 마치 악마와 같은 신위로 브리튼의 사병을 순식간에 요절내었다. 주위는 순식간에 시체들로 뒤덮였다. 유일하게 브리튼만이 공포에 질린 눈을 뜨고 있을 뿐이었다.

"병사를 움직이지 않는 게 좋다고 말씀드리지 않았습니까. 그들이 움직일 테니까요."

룬이 브리튼에게 다가가 움직이지 못하게 마나의 길에 마나를 찔러 넣었다.

호흡이 갑자기 멈춘 듯 브리튼이 헙 하는 소리를 내더니 그대로 몸이 굳어졌다. 원래 브리튼같이 고수에게는 마나를 주입해 몸을 멈추게 하는 것이 통하지 않았다.

하지만 이미 전투능력을 상실한 상태이기에 그의 몸은 일반인과 다를 것이 없었다.

"정의롭지 않은 건 알았지만 이렇게 잔인할 줄은 몰랐 군요. 위에 계신분이 이를 알고도 용인해 주신 겁니까?"

"난 스승님을 존경하지만 그분의 방식까지 존중하는 건 아니야. 세상을 바꾸기 위해서는 피가 필요하고 그것은 우 리의 방식이 좀 더 효과적이지."

룬은 그 말에 어느 정도 동감했다.

룬은 브리튼의 목을 잡고 싸늘하게 죽은 동료의 모습을 눈에 담게 하였다.

"당신의 병사들은 모두 죽었습니다. 그리고 이곳에는 손 하나 까닥할 수 없는 산송장 하나만 남았지요."

"사, 살려주게. 내 아는 모든 것을 말하겠네."

"암, 그래야지요. 그러려고 살려둔 것인데요. 허나 살릴 지 말지는 당신의 얘기를 듣고 결정하겠습니다. 우선, 왜 저를 공격한 건지부터 알아야겠습니다."

"자네를 원하시는 분이 있네."

"그게 누굽니까?"

"바르타인 공작."

"……."

"그자가 어찌 나를……?"

"그것까지는 모르겠네."

룬이 품에서 단도 하나를 꺼내 브리튼의 목젖에 가져갔 다.

"정말일세. 왜 그가 자네를 원하는 지 정말 모르는 일이
야."

"아마 이 검이 좀 더 깊숙한 곳을 찌르면 생각이 나실 겁
니다. 아, 목젖을 찌르면 말을 할 수 없으니 다른 곳을 찔
러야겠군요."

룬은 그의 눈으로 단도를 옮겼다.

테르난도와 트라울라는 그 모습을 보며 헛웃음을 지었
다. 누가 누굴보고 잔인하다고 하는거냐? 라고 말하는 것
같았다.

"나, 날 죽이면 그녀와 네 가족들은 무사하지 못할거
야."

그 말에 룬의 손이 멈춰섰다.

"스위프트, 그녀가 한 일과 자네와의 관계를 알고 있네.
이 사실이 알려지면 그녀는 당연히 무사하지 못할 것이고,
자네의 가족은 왕자를 시해려던 자의 가족이라는 이유로
추궁을 받게 될거네."

"……."

"이를 벌써 조카에게 말했네. 하지만 나를 살려주면 지
금 당장 조카에게 달려고 그것은 사실이 아니라고 말하겠
네."

"그 일을 대한 유일한 증거는 당신의 말 뿐입니다. 왕자
님은 그것만 가지고 판단을 내리실 분이 아닙니다."

"하지만 토레논은 다를 걸?"

토레논…… 그의 이야기가 나오자 룬은 작게 신음했다. 확실히 브리튼의 말대로 토레논은 조금 고지식한 면이 있었다.

"일단, 당신을 살려두기로 하죠."

룬은 브리튼의 뒷목을 손가락으로 찔러 넣었다. 브리튼의 신형이 스르르 무너져 그대로 바닥에 고꾸라졌다.

"저는 먼저 가봐야할 거 같습니다. 당신의 스승님께는 잘 말씀드려주십시오."

룬은 브리튼을 등에 업은 채 왕궁으로 향했다.

LINE

제 8 장

데이미안의 분노

제 8 장
데이미안의 분노

"우리는 이미 끝났어요. 그러니 더 이상 이런 일로 만나
는 일은 없었으면 해요."

에일리아의 음성에는 복잡미묘한 감정들이 섞여 있었
다.

"그때 분명히 말했지만 우리의 관계는 당사자만의 문제
가 아닙니다. 허나 제 마음이 단순히 가문의 결합만을 생
각한 것 또한 아닙니다."

"데이미안님이 저를 여자로 생각하고 계셨다는 말인가
요?"

데이미안은 대답하지 않았지만 에일리아에게는 충분히
대답이 되었다. 그렇기에 놀라움과, 미안함이 동시에 밀려

왔다.

"그걸 진작 알았더라면 제 마음이 어땠을지 모르겠어요. 하지만 제 마음은 이미 기울어져 있어요."

"그에게 가려는 겁니까?"

"예."

"그건 좋지 못한 생각이 될 겁니다."

"왜요? 그가 보잘것없는 가문의 사람이라서 그런가요?"

에일리아의 음성에는 방금 전의 미안함도 잊고 조금의 노기가 서려 있었다.

"그에 대한 비밀 하나를 알고 있습니다. 밝혀진다면 충분히 그에게 위험한 상황이 벌어질 만한 것이지요. 저는 일단 이를 덮어두기로 했습니다. 허나, 앞으로의 상황에 따라 제 생각이 어떻게 변할지 모르겠군요."

에일리아의 얼굴에 실망감, 그리고 조금의 경멸감이 서렸다.

"데이미안님께서 이런 분이신줄 몰랐군요. 다른 것을 떠나 한명의 인간으로써 충분히 존경받을 만한 인물이라고 생각했어요. 하지만 이젠 그마저도 남아 있지 않군요. 다시는 이런 일로 보는 일이 없었으면 해요."

에일리아가 돌아섰다. 데이미안이 그녀의 손을 잡았다. 하지만 그녀는 그런 데이미안의 손을 매몰차게 뿌리쳤다.

그녀의 모습이 작아지는 만큼 그의 눈에는 분노가 이글거
렸다.

❖

　룬은 바르텐 한복판을 질주하고 있었다. 젊은 사내가 웬
중년인을 등에 업고 다니는 모습은 충분히 사람들의 이목
을 끌만했다.
　하지만 룬은 그들의 시선은 아랑곳하지도 않고 왕궁을
향해 달려 나갔다.
　그런데 광장에 다다르자 발디딜 곳 없이 빼곡한 인파로
움직이는 데 차질이 생겼다.
　룬은 가장 높은 건물로 뛰어올라갔다. 그리고 건물과 건
물사이를 건너뛰었다. 그러면서 인파가 몰려든 광장을 슬
쩍 보았다.
　광장에는 단두대가 설치되어 있었고, 사형수의 머리는
단대두 위에 놓여져 있었다. 두건으로 얼굴을 가렸기에 안
력을 높여도 누구인지 보이지는 않았다.
　"죽여라! 죽여라! 마녀를 죽여라!"
　백성들의 외침이 파도처럼 광장을 뒤엎었다.
　"우리는 그녀의 목을 취해 무너진 왕궁의 법도와 위엄
을 다시 찾을 것입니다."

"죽여라! 죽여라!"

룬은 관심을 껐다. 대체 얼마나 큰 죄를 지었기에 백성들이 저렇게 악을 쓰는 걸까, 라는 생각정도가 사형수에 대한 관심의 전부였다.

룬은 앞으로 나아갔다. 얼마쯤 움직였을까. 혼절했던 브리튼이 의식을 되찾았고, 조금 꿈틀거렸다. 그러다 불현듯 스엣에 대한 생각이 났다.

그 순간 이상하게도 알 수 없는 불안감에 휩싸였다.

대체 이 불안감은 뭐지. 룬은 그 원인을 찾기 위해 안간힘을 썼다.

'너무 많은 일을 겪었어. 신경이 예민해졌군.'

룬은 근처 여관에 들려 브리튼을 쇠사슬로 묶고 대량의 마나를 마나의 길에 찔러 움직이지 못하게 만들었다. 그리고 다시 왕궁으로 향했다.

룬은 왕궁안으로 들어왔다. 그런데 조금 이상했다. 오늘따라 유난히 궁내를 지키는 경비병과 근위대가 눈에 띠게 많았다.

룬은 스엣에 관한 생각 때문에 크게 신경 쓰지 않고 곧바로 데이미안을 찾아갔다.

"어째서 이곳에 계신 거예요?"

목소리의 주인은 신디아였다.

그녀는 도둑마냥 주위를 힐끔거리더니 인적이 없는 곳으로 룬을 끌고 갔다.

"대체 어떻게 된 거에요?"

그것은 오히려 룬이 묻고 싶은 말이었다.

"무슨 일이신데 그럽니까?"

"룬님에게 수배령이 떨어졌어요. 그런데 이렇게 왕궁한복판에 나타나면 어떡해요."

"그게 무슨 소립니까? 수배령이 떨어지다니요. 뭔가 착각하신 거 같습니다. 이곳에 올 때까지 만난 근위대와 경비병만 해도 십 수 명은 될 겁니다."

"이런. 어서 이곳을 피하세요. 곧 그들이 들이닥칠 거에요."

룬의 의문은 오래가지 않았다. 룬의 감각에 사방에서 조여 오는 근위대의 기척이 감지된 것이다.

'스엣에 관한 일이 벌써 이렇게 붉어진 건가.'

룬은 그제야 자신이 범의 입속에 제 발로 들어왔음을 깨달았다.

"저랑 같이 있으면 신디아님도 위험하실 겁니다. 제 걱정은 마시고 이만 가십시오."

"그럴 수 없어요. 저는…… 저는……."

무수한 말들이 그녀의 입을 간질였다. 하지만 그녀는 결국 한마디도 할 수 없었다.

룬은 그녀가 더 이상 움직일 수 없도록 그녀의 혈을 짚었다.

"저는 괜찮을 겁니다. 너무 걱정하지 마세요. 그리고 감사합니다."

룬은 신디아를 몇 초간 지긋이 보더니 이내 왼쪽복도를 향해 뛰어갔다.

곧바로 왕실근위대가 들이닥쳤다.

"공주님."

신디아를 알아본 근위대 한 명이 그녀를 부축해 일으켜 세웠다.

"어떻게 된 겁니까? 그자가 이리 한 겁니까? 그자는 어디로 갔습니까."

"저는 괜찮아요. 그리고 그 자는 저쪽으로 갔어요."

그녀는 오른쪽 복도를 가리키며 말했다. 아주 작은 양의 마나로 마나의 길을 막아 놨기에 그녀의 움직임은 일시적으로 제한을 받을 뿐이었다.

"알겠습니다."

근위대는 곧 오른쪽 복도를 향해 달려갔다. 몇 명은 신디아를 부축해 그녀를 안전한 곳까지 데리고 갔다.

룬을 일선에서 쫓던 근위대가 정반대방향으로 움직였지만 왕궁 곳곳에는 이미 거미줄처럼 병사들이 포진 되어 있었다.

룬은 복도를 벗어나 정원으로 들어갔다. 정원 역시 근위병들이 진을 치고 있었다.

룬은 나무 위로 올라가 상황을 지켜 보았다.

'우선 데이미안 왕자를 만나봐야겠어.'

하지만 곧 고개를 내저었다. 상황이 이 정도라면 그를 만난다고 달라질 것은 없을 듯싶었다.

'아니야. 스엣부터 구하고 생각해보자.'

"놈이 저기에 있다."

누군가 룬을 발견하고 소리쳤다.

룬은 나무에서 도약하며 무릎에 마나를 집중시킨 다음 근위병의 어깨를 찍었다.

근위병이 그대로 고꾸라졌다. 그의 갑옷은 둔기로 맞은 마냥 깊숙한 홈이 패어져 있었다.

바닥에 착지한 룬은 곧바로 체인라이트닝을 날렸다. 체인라이트닝은 사슬처럼 차례대로 근위대들을 향해 튕겨졌다.

주위에 지지직거리는 소리와 함께 살이 타는 냄새가 진동했다. 살상능력은 없지만 철제 무구를 두르고 있는 적에게 이보다 효과적인 마법은 없었다.

룬은 정원을 벗어나 스엣이 있는 지하 감옥으로 향했다.

"저기 있다."

좁디좁은 복도에 근위대가 빼곡하게 자리했다.

"워터호스."

룬의 손에서 물줄기가 나왔다. 근위기사들이 물에 빠진 생쥐마냥 물에 홀딱 젖었다. 룬은 그 위로 체인라이트닝을 시전했다.

파지지지-.

체인라이트닝이 물만 난 물고기마냥 날뛰었다.

"이그나이트."

순간 복도 중앙에 해라도 뜬것처럼 둥근 불의 구체가 떠올랐다. 숨쉴구멍 하나 없이 빡빡한 갑옷. 거기에 물이 묻고, 뜨거운 기운이 더해지니 근위대들은 그야말로 죽을 맛이었다.

룬은 그들을 향해 마나파동을 날린 뒤 윈드워크를 이용해 뒤로 빠져나왔다.

'다른 길로 가야겠군.'

룬은 나무 위로 훌쩍 뛴 다음 이층으로 올라갔다. 이층은 일층보다는 경계가 삼엄하지 않았다.

룬은 간간히 보이는 경비병들을 마법이나 마나술, 간혹 직접 손으로 처리하며 앞으로 나아갔다. 이윽고 일층으로 내려가는 나선형 계단에 다다랐다.

룬은 소리가 나지 않게 플라이 마법을 이용해 계단을 내려갔다.

'이제 왼쪽으로 조금 가다 다시 오른쪽으로 방향을 틀

면 되겠군.'

현재의 위치와 지하감옥이 있는 곳을 한 번 가늠해본 룬은 다시 움직이기 시작했다.

지하감옥까지 가는 길은 생각보다 수월했다. 룬이 갑작스럽게 동선을 틀었기 때문에 대부분의 자들이 정원부근을 둘러싸고 있었다.

간혹 보이는 자들은 반응을 하기도 전에 마법을 날렸기 때문에 룬의 위치는 현재 왕궁수비대 입장에서는 오리무중인 상태였다.

룬은 마침내 지하감옥으로 가는 입구에 다다랐다. 이제 계단을 내려가고 복도만 지나면 스엣이 갇혀 있는 곳이 나왔다.

룬은 빠르게, 그러나 급하지 않은 걸음걸이로 계단을 내려갔다.

그리고 룬은 자신을 맞이하고 있는 한 사람을 볼 수 있었다.

"왔는가?"

그는 다름 아닌 토레논이었다.

"결국엔 이곳으로 올 거라 생각했지. 지금이라도 늦지 않았네. 투항을 한다면 자네의 목숨만은 건사할 수 있을 것이야."

그의 음성에는 안타까움이 묻어 있었다.

그 말을 듣는 순간 룬은 막연한 불안감이 현실이 돼는 느낌이었다.

"그녀는……."

"이미 죽었네. 오늘 처형이 이루어졌지."

"……."

룬의 머릿속에 무심코 지나쳤던 광장에서의 풍경이 떠올랐다.

그녀가 죽어가고 있는 것도 모르고 그 광경을 무심코 지나쳤다니…….

그런 자신을 용서할 수가 없었다.

"돌이키기에는 너무 늦은 것 같군요."

룬의 음성은 떨리고 있었다.

"정말이지 자네와는 이런 식으로 만나지 않기를 바랬는데…….."

스르릉―

토레논의 명검.

크리스털소드가 검집을 나와 룬을 향했다.

"크리스털소드…… 참으로 오랜만이군."

"……?"

"우리는 늘 만나면 으르렁거리며 이유 없이 싸우곤 했지. 하지만 나는 알고 있었어. 그것은 서로의 실력을 신뢰했기에 그랬다는 것을. 오늘이 딱 열 번째 대결이 되겠군."

룬의 손에 파이어소드가 빛났다.

토레논의 눈이 부릅떠졌다.

"오늘이 아마 마지막 대련이 될 것 같소, 형님."

"……?"

갑자기 변한 룬의 태도.

그러나 어딘지 익숙한 모습.

"우리의 싸움은 항상 이것으로 시작되었지."

순간 룬의 손에서 마나파동이 나갔다.

희미한 마나의 기운. 보이지 않는 그 마나파동을 토레논은 너무나도 익숙하게 검을 베었다.

그 다음에는 윈드핑거였다. 동시에 네발의 윈드핑거가 토레논의 양팔과 다리에 날아갔다.

토레논은 이 역시 알고 있었다는 듯 가볍게 피했다.

그 순간 룬이 토레논을 향해 쇄도했다. 룬은 원래 견제를 하는 방식을 선호 했지만 토레논과 싸울 때면 화끈하게 한판 벌이는 것을 좋아했다.

마나파동과 윈드핑거는 싸움의 개시를 알리는 신호탄일 뿐이었다.

파이어소드와 크리스털소드가 부딪치며 불꽃이 튀겼다. 지하감옥안은 둘의 전투소리로 진동했다. 어찌 들으면 잘 짜여진 음악처럼 아름다웠고, 어찌 들으면 비명소리처럼 끔찍했다.

토레논의 머리는 점점 하얗게 변해갔다. 지금 상황이 어떻건지, 자신이 무엇을 해야 하는지, 전혀 생각하지 않았다.

그저 검을 휘두르는 지금 이 순간이 너무 즐거웠다.

실로 오랜만이었다. 검을 휘두르는 본연의 즐거움을 느껴보는 것은.

무아지경.

토레논은 지금 그저 본능적으로 몸을 움직여 검을 휘두를 뿐이었다.

챙-.

크리스털소드와 파이어소드가 맞부디쳤고 둘은 서로의 힘을 이기지 못하고 뒤로 밀려났다.

헉헉-.

서로의 입에서 거친 숨소리가 새어나왔다.

둘의 격전소리를 듣고 어느새 근위대들이 달려오기 시작했다.

룬은 토레논을 향해 파이어소드를 겨누었다. 토레논도 룬을 향해 검을 겨누었다.

그리고 동시에 서로의 몸이 움직였다.

파이어소드와 크리스털소드가 다시 맞붙었다.

크리스탈소드를 든 토레논의 손이 부들부들 떨리고 있었다.

그의 입에서 한줄기 선혈이 흘러 나왔다.

"그새, 실력이 늘었군."

룬은 아무런 설명이 없었다. 하지만 토레논은 모든 걸 알 수 있을 것 같았다. 단 한 합의 격전은 백 마디 말보다 뚜렷했다.

"이쪽에서 소리가 났다."

근위대는 더 가까워졌다.

"지하감옥 끝 쪽에 가면 비밀통로가 있다. 그리고 왼쪽 성문으로 가면 서쪽항구로 가는 텔레포트게이트가 있을 거야. 이걸 가지고 가면 문제없을 거야. 내가 해줄 수 있는 건 이것까진 것 같군."

토레논은 텔레포트허가증을 룬에게 던졌다. 그리고는 바로 근위대 쪽으로 움직였다.

"어찌 된 겁니까?"

"그는 이곳에 없네."

룬은 토레논의 뒷모습을 잠시 동안 바라보다 이내 지하 감옥의 끝부분을 향해 움직였다.

가는 도중에 스엣이 갇혀 있던 곳을 지나치게 되었다. 그를 본 순간 묵직한 돌로 가슴을 짓누르는 고통이 찾아왔다. 하지만 마냥 고통에 휩싸여 있을 수만은 없었다.

주위를 살피니 토레논이 말한 비밀통로가 보였다. 룬은 비밀통로로 들어갔다.

비밀통로는 사람 하나가 간신히 움직일 정도로 협소한

곳이었다. 먼지가 수북이 쌓여 있고 거미줄이 천장전체를 뒤덮고 있었다. 지네나 이름도 알 수 없는 해괴한 벌레들이 바닥을 기어다녔다.

룬이 걸을 때마다 거미줄이 머리에 걸리거나 바닥에 벌레들이 밟혔다.

비밀통로는 그리 길지 않았다.

마침내 밖으로 나왔지만 어디쯤인지는 감이 잡히질 않았다.

룬은 무작정 서쪽을 향해 움직였다. 도중에 기사 한 명을 제압한 뒤에 그가 입고 있던 갑옷으로 갈아입었다. 눈부근이 삼지창처럼 생긴 투구 덕에 얼굴은 들어나지 않았다.

서쪽 끝에는 성벽이 있었고, 그 옆에 토레논이 말한 텔레포트게이트가 있었다.

텔레포트게이트에는 이미 몇 명의 사람들이 올라가 있었다.

룬은 적당히 눈치를 보다 텔레포트게이트에 올라탔다. 감시관은 허가증을 확인하고 있었다. 그는 룬의 모습을 한 번 보더니 고개를 갸웃했다.

보고에 없던 자였기 때문이다. 하지만 룬의 허가증을 보더니 곧 생각을 달리 했다. 허가증에는 토레논의 긴급인장이 찍혀 있었다.

그는 룬에 대한 의심을 접고 곧 텔레포트게이트를 발동시켰다.

텔레포트게이트를 지탱하고 있던 마나석에서 빛이 일어나며 별모양의 문양이 그려졌다.

곧이어 하늘을 향해 빛이 일어났고 게이트 위에 있던 자들의 몸이 점점 공중으로 떠올라갔다.

룬은 그 상태로 아래를 보았다. 이상하게도 에일리아의 모습이 보이는 것 같았다. 하지만 그녀는 그곳에 없었다. 그저 허상일 뿐이었다.

"잘 있으십시오."

누구에게 하는 말인지 모를 말이었다.

빛은 희미해져갔고, 룬의 모습은 이내 사라졌다.

NEO FUSION FANTASY STORY & ADVANTURE

제 9 장

새로운 시작

제 9 장
새로운 시작

텔레포트에 지정된 곳은 서쪽부근이었다. 룬은 인근에서 조금 멀리 떨어진 곳까지 간 다음 갑옷을 벗었다.

룬은 기껏 사지에서 벗어났음에도 다시 바르텐으로 향했다. 목적지는 바르텐광장이었다. 최소한 스엣의 시신이라도 회수하려던 생각이었는데 그녀의 시신은 그곳에 없었다.

룬은 아쉬움을 뒤로한 채 브리튼이 있는 여관으로 향했다. 브리튼은 아직까지도 정신을 차리지 못하고 있었다.

브리튼을 바르테오일행에게 맡기지 않은 건 혹여 그가 스엣에 관한 일을 말할까 걱정했기 때문이다.

한데 일이 이렇게 되고나니 무의미한 일이 되고 말았다.

룬은 브리튼을 등에 업고 브리튼산맥으로 향했다. 다행히 그곳에는 아직까지 바르테오가 남아 룬을 기다리고 있었다.

"이제 왔는가. 생각보다 오래 걸리지는 않았군. 그런데 자네 얼굴이 왜 그러나?"

"소중한 사람이 죽었습니다. 저의 부주의함 때문에 말이지요. 또 소중한 사람을 잃었습니다."

대게 슬픔에 휩싸인 사람들이 그렇듯 룬의 말은 두루뭉술했다.

하지만 경험 많은 바르테오는 대강의 상황을 짐작했다.

"삶과 죽음. 인연. 지나고 나면 모두 별것 아니라네… 이런 말이 지금 자네에게 전혀 도움이 되지는 않을 테지만 말이야."

"제 자신이 너무 초라합니다. 복수를 하고 싶은데, 다 뒤엎고 싶은데. 제게는 그런 힘이 없습니다."

바르테오는 꼭 과거의 자신을 보는 것 같았다. 가슴속엔 응어리가 가득한데 그것을 풀 수 있는 방법을 모르던 어리석은 시절이었다.

"힘을 기를 겁니다. 그래서 복수를 하고, 다시는 누군가가 나 때문에 죽지 않게 할 겁니다. 또, 소중한 사람을 잃지 않을 겁니다."

이해한 다는 듯 바르테오가 룬의 어깨를 두어 번 두드렸다.

바르테오는 룬의 가슴이 진정 될 때까지 한참동안을 기다려주었다.

그러다 조심스럽게 말을 꺼냈다.

"지금 이런 말을 하는 게 조금 미안하긴 하지만 정령왕은 어떻게 되었나."

"아."

룬이 조금 정신을 추스렸다.

"인계에 현신하기 위해서는 한 달이라는 시간이 더 필요하다고 합니다."

"흐음……."

바르테오는 낮게 신음을 하기는 했지만 슬픔에 젖어 있는 룬의 모습을 보고는 노골적으로 곤란한 기색을 보이지는 않았다.

"바로 이곳에서 제국의 계략에 빠졌고 그때 본의아니게 정령왕의 힘을 빌리게 되었습니다. 그로 인해 차질이 생겼습니다."

"불가피하게 그리 되었으니 어쩔 수 없는 일이지. 안에 엘프가 기다리고 있을 것이네."

"예. 저는 가문으로 돌아가 있을 겁니다. 필요하시면 언제든 오십시오."

"알겠네."

룬은 엘프들의 마을로 들어갔다. 마을의 풍경은 조금 변해 있었다. 가는 길목 구석구석에 볼록하게 솟은 흙더미가 눈에 들어왔다.

마을 안쪽 깊숙이 들어가자 네이처가 룬을 기다리고 있었다.

"오셨소. 갔던 일은 잘 되었소?"

룬은 고개를 내저었다.

"저런. 얼굴에 슬픔이 가득하오. 무슨 일이 있었던 것이오?"

"그것이……."

룬은 왕궁에서 있었던 일을 주저리주저리 늘어놓았다. 네이처에게 딱히 도움이나 해답을 바라고 한 말은 아니었다. 그냥 가슴이 답답하여 무슨 말이라도 해야겠어 하는 말이었다.

"그런 일이 있었구려……."

네이처의 얼굴에 안타까운 기색이 확연히 드러났다.

"그런데 당신의 가족들은 괜찮은 것이오?"

네이처가 인간 세상에 나간 것은 꽤 오래전의 일이었다. 그 사이 인간은 무수히 많은 발전을 해왔지만, 행태는 대게 비슷할 것이라 생각했다.

특히나 인간은 핏줄, 그 중에서도 왕족의 피를 중요시하여 그와 관련된 일은 삼족에게까지 미치는 경우가 파다했다.

룬은 네이처의 말을 듣는 순간 아차 하는 마음이 들었다.

"이러고 있을 시간이 없을 거 같습니다. 저는 루텐영지 베르난도백작가에 있을 테니 필요하신 일이 있으시면 오십시오."

룬은 네이처의 대답도 듣지 않은 채 재빨리 루텐영지로 향했다.

❖

"기별도 없이 어인일이냐."

룬을 본 베르난도백작의 첫 마디였다. 룬은 어떻게 설명을 해야 하나 막막했다. 하지만 마냥 뜸을 들일 수만은 없는 일이었다.

룬은 베르난도백작에게 상황을 설명했다.

"그리하여 왕궁에서 가문을 공격하러 올 수도 있습니다."

"흐음."

베르난도백작이 낮게 신음했다.

베르난도백작은 서 있기가 힘든지 테이블에 손을 지탱한 뒤 의자에 앉았다.

"얼마 전, 란드만이 불의의 사고로 목숨을 잃었다. 사고사라 하는 데 근래에 흉흉한 일도 많았고 왜 죽은 것인지는 알 수 없는 일이지."

"그 이야기를 왜……."

"그간 연통을 넣었는데 이상하게도 잘 전달이 되지 않더구나."

근래에 많은 일이 있었다. 특히 룬의 현 거주지인 그래플아카데미에는 참사의 가까운 일이 벌어져 거의 모든 업무가 마비된 상태였다.

그런 와중에 서신 몇 개가 도중에 사라진 것은 이상할 것도 없는 일이었다.

"그리고 또 얘기할 게 있구나. 사실 나는 얼마 살지 못한다. 의원이며, 신관이며 모두 고개를 내저었지. 사람이 태어났으면 누구나 죽는 법. 아쉬울 건 없다. 다만 란드만이 기사가 되는 모습과, 네가 무사히 아카데미를 졸업하는 모습을 보고 싶었는데 그것이 못내 마음에 걸리는구나."

"……."

룬은 무슨 말을 해야 할지 몰라 입술만 만지작 거렸다.

"호드만은 머리가 명석하고 셈이 빠르나, 가문을 이끌어 가기에는 그릇이 너무 작다. 부디 네가 이 가문의 부흥을 이끌 었으면 좋겠구나."

베르난도가 두어 번 기침을 하였다. 룬은 그제야 피골이 상접하고 눈이 퀭한 베르난도 백작의 모습이 눈에 들어왔다.

"르넨은 늙어가고 있지만 아직까지는 꽤 쓸 만한 사람이야. 그의 도움이 필요할 것이야."

"……."

룬은 아무런 준비가 되어 있지 않았지만, 베르난도백작은 마치 이렇게 될 것을 알기라도 한 사람처럼, 혹은 마지막 말을 하는 사람처럼 거침없이 말을 해나갔다.

"네가 아카데미에 가고 리오도르님께서 종종 찾아 오셨다. 그리고 너에 대한 이야기를 해주었지. 나는 네가 변한 걸 알고 있다. 그리고 우리 가문을 잘 이끌어 나가리라는 것도……. 쿨럭-. 몸이 좋지 않구나. 이만 가 보거라. 이 가문은 이제 네 것이야."

"어째서. 제게 아무런 말도 하지 않으신 겁니까."

"쿨럭-. 말했지 않느냐. 사람은 누구나 죽는다고. 나에게도 누구에게나 오는 죽음이 왔을 뿐이야. 호들갑 떨 일이 아니지."

그 말을 끝으로 베르난도백작은 침대위에 누웠다. 그리고는 더는 말이 없었다.

왜 상황을 이렇게 만들었느냐 꾸짖지도. 왜 이제야 나타났느냐 원망하지도 않았다. 그저 모든 것을 초연한 듯 그렇게 있었다.

룬은 그 모습을 한참동안 바라보다 이내 자리를 떠났다.

엄밀히 말하면 란드만과 베르난도 백작은 가족이 아니었다. 하지만 지금은 그의 자식으로써, 또는 그의 동생으로써의 역할을 하고 있고 있기에 가슴이 착잡하지 않을 수 없었다.

룬은 여전히 혼란스러웠지만 최대한 마음을 진정시키며 르넨을 찾아갔다.

르넨은 영지를 떠나기 전과 별반 다를 게 없는 모습이었다. 사실 룬이 영지를 떠난 건 얼마 되지 않는 시간이라 변할만할 것도 없었다.

다만, 그 짧은 사이 워낙 많은 일이 있었고, 특히 란드만이 죽었으며 위엄 있던 베르난도백작이 어느새 병자의 모습을 하고 있기에 많은 시간이 지났다고 느껴질 뿐이었다.

"오셨군요. 기다리고 있었습니다."

집사의 눈에서는 눈에 대한 애틋함과, 원망이 동시에 서려 있었다.

"백작님을 만나보셨다면 지금 어떤 상황인지 아시겠군요."

"예. 그리고 그 상황만큼이나 좋지 않은 것이 더 있습니다."

"……?"

룬은 대강의 상황을 빠르게 설명했다.

"일을 이렇게 만든 건 죄송한 일이지만 가문을 지키는

게 우선입니다. 현재 재정 상태나 병력현황은 어떻게 됩니까?"

"흐음. 재정 상태는 미스릴발견으로 인해 충분합니다. 하지만 병력은 성을 지키는 병사와 기사 몇 명을 합쳐 백여 명이 전부입니다."

제국이 왕국을 쳐들어왔을 때의 병력이 십만이었다. 그리고 제국에게 회유된 왕국의 병력은 오만에 달했다.

백 명은 그에 비하면 정말이지 초라한 숫자였다. 그리고 왕궁에서 나선다면 못해도 수천 명의 병력은 움직일 터였다. 인근 영주의 도움을 받는다면 그보다 더한 병력이 움직일 수도 있었다.

"사실상 지금으로써는 왕실에서 더 이상 추궁이 없기만을 바래야겠군요."

하지만 르넨은 그렇지 않을 가능성이 더 높다고 생각했다. 단순히 연회장에서 분란을 일으키고 그 과정에서 요정의보석을 빼돌린 것 정도라면 왕실에 세금을 더 내거나 미스릴광산의 권리를 넘기는 정도로 끝날 수도 있었다.

하지만 그 과정에서 왕족, 특히 다음 왕위를 이을 왕자가 피해를 입었고 이는 삼대가 멸할 수 있는 중죄였다.

"일단 준비하는 데 까지는 준비를 해보아야 합니다. 그리고 가능한 인근 영주들의 동태도 잘 파악해야 합니다. 미스릴광산으로 인해 우리를 노리는 곳이 많을 겁니다."

"음. 일단 병사들을 만나보고 싶습니다."

"급하기는 하나 천천히 하십시오. 지금 룬님의 얼굴 상
태가 말이 아닙니다. 한 숨 푹 자고 맑은 정신으로 그때 하
시는 게 어떻겠습니까."

곰곰이 생각하던 룬은 르넨의 말이 일리가 있다고 생각
했다.

"알겠습니다."

"룬님이 쓰시던 거처가 그대로 있습니다. 오르온 또한
룬님을 기다리고 있었지요."

룬은 오랜만에 자신의 거처로 돌아왔다.

거처는 변함이 없었다. 빠지지 않고 관리는 한 탓인지
먼지도 없었다.

룬은 침대에 누웠다. 몸을 혹사한 탓인지 눕자마자 머리
가 핑 돌았다. 어질어질한 시야 사이로 수많은 사람들의
얼굴이 스쳐갔다.

-마음 가는 대로 행동하세요.

에일리아의 목소리가 귀를 간질이는 듯 했다. 이제야 조
금 마음을 조금 알겠는데, 더 이상 마음이 가는 대로 행동
할 수 없었다.

"후우."

룬은 한숨을 쉬며 눈을 감았다. 눈을 감자 스엣의 얼굴

이 떠올랐다.

-당신 때문이야. 당신의 그 안일한 태도 때문에 내가 죽은 거야.

스엣의 울부짖음이 들리는 듯 했다. 차라리 그녀가 와그 어떤 심한 말이라도 해주길 바랐다. 그러면 마음이라도 편해질텐데……

'하지만 그녀는 죽었어, 나는 마음이 편해질 자격도 없는 놈이야.'

몸은 이미 녹초가 되었다.

하지만 잠을 이룰 수가 없었다.

'복수할 거야. 상대가 누구든 그렇게 할 거야. 사부, 스엣. 지켜봐줘.'

룬은 뜬 눈으로 밤을 지새웠다. 끝없는 고독과 고통에 시달리며.

다음 날.

룬은 백작가의 병사들을 한 데 모았다. 워낙 초라한 숫자이기에 모든 병사들을 모아도 연병장 한 곳에 집합이 가능했다.

룬은 그들을 훑어보았다. 영주를 제외하고 현 가문에 가장 높은 사람이 소집을 했음에도 그들에게는 전혀 기강이 보이지 않았다.

지루한 지 발로 흙을 비비는 자가 있는가 하며, 귀를 파거나, 갑옷조차 제대로 입지 않은 자, 얼굴에 짜증이 고스란히 들어나는 자들이 대부분이었다.

"주목!"

룬의 외침은 전 연무장에 울릴 만큼 큰 것이었다. 그러나 룬에게 집중하는 병사는 몇 없었다.

"주목!"

룬이 다시 한 번 외쳤다.

"……."

"주목!"

"아이고 이게 누구야, 우리 망나니 셋째 도련님이 아니십니까. 어인일로 자꾸 부르십니까. 아카데미에 가셨다는 말을 들었는데, 이렇게 오신걸 보니 쫓겨나기라도 하신 모양입니다."

누군가 그렇게 말하자 연무장에서 폭소가 터졌다.

룬은 그런 반응을 무시했다. 어쨌든 덕분에 모든 이의 시선이 룬에게 쏠렸다.

"제가 여러분들을 이렇게 모이라고 한 건 중대하게 발표할 일이 있기 때문입니다."

룬이 말을 하고 있음에도 장내는 시장통처럼 시끌벅적했다.

룬은 개의치 않고 계속 말을 해나갔다.

"얼마 후에 왕실에서 우리 가문을 공격해 올 수도 있습니다. 아니, 그럴 겁니다. 왕실이 나섰습니다. 다른 가문에게 또한 표적이 된 겁니다. 적게는 수천 명, 많게는 만 명이 넘는 병력이 베르난도성을 함락하러 올 수 있다는 말입니다."

"……."

시장통처럼 시끌벅적하던 장내는 순식간에 조용해졌다.

"하여 저는 여러분들에게 선택권을 주고자 합니다. 아무런 조건 없이 여러분들을 퇴역시켜 드리겠습니다. 단, 끝까지 남겠다하시면 지금의 두 배에 달하는 봉급이 지급될 겁니다. 또한 투사할 경우 평생 받을 봉급이 가족에게 지급될 겁니다."

룬의 말이 끝나자 병사들은 서로의 눈치를 보기 바빴다.

저 말이 진짜야, 그냥 떠보는 거 아니야?, 설마 저런 거짓말을 하겠어, 난 어차피 미련 없었어 보내준다고 할 때 나가지 뭐.

이런저런 말들이 오갔다.

"선택의 기회는 지금 뿐입니다. 나가실 분은 오른쪽으로, 남으실 분은 왼쪽으로 서주십시오."

대거의 병력이 움직이며 땅이 진동했다. 진동이 끝났을 때 병사들은 대부분 오른쪽에 있었다. 왼쪽에 있는 병사는 고작 수십 명에 불과했다.

룬은 왼쪽으로 보며 다시 말했다.

"저는 앞으로 훈련의 강도를 지금보다 두 배 이상 늘릴 겁니다. 아홉시에 연무장에 집합해 점심 먹는 시간을 제외하고는 여섯시까지 수련이 이어질 겁니다. 적이 쳐들어 오기전에 제풀에 지쳐 쓰러질 수도 있습니다. 그래도 남으시겠습니까?"

룬의 말에 몇 명의 병사가 오른쪽으로 더 움직였다.

룬은 시선을 오른쪽으로 돌렸다.

"이제 여러분은 베르난도백작가의 사람들이 아닙니다. 해산해도 좋습니다."

룬의 말이 떨어졌음에도 병사들은 정말 그래도 되나? 하는 눈치였다. 그러다 누군가 개시를 하자 썰물이 빠지듯 우르르 연무장을 빠져나갔다.

룬은 그들이 모두 빠져나가는 것을 인내심을 가지고 기다렸다.

그들이 다 나가자 룬은 남은 수십 명의 병사들 앞으로 갔다.

오튼, 헤픈, 아리아…… 제이미.

룬은 그들의 이름 하나하나를 머리에 새겼다.

"자네는 왜 남기를 선택했나."

"나가도 할 일도 없고…… 뭐 내가 죽어도 가족들에게 봉급을 준다니."

"별 생각 없었습니다."

"그냥 귀찮아서 움직이지 않았습니다."

"그냥 충성심을 테스트하는 건지 알았습니다."

이유는 제각각이었으나 가문에 충성을 받치기 위함이니 하는 이유는 없었다.

하지만 룬은 그것으로 충분하다고 생각했다.

"오튼, 헤픈, 아리아…… 제이미."

룬은 남은 자들의 이름을 하나하나 읊었다.

"여러분들의 이름은 모두 새겼습니다. 여러분은 이제 베르난도백작가의 새로운 기사단 '리벤지'의 1기가 되었습니다."

"저, 저희가 기사라고요?"

"그렇습니다. 기사는 일반 병사에 비해 많은 권리를 누릴 수 있습니다. 하지만 그만큼 많은 책임과 의무가 따릅니다. 저는 당연히 여러분이 그러한 권리를 누릴 수 있도록 할 것입니다. 허나, 만약 기사도를 어긋나는 행동을 한다면 역시 그에 따른 책임을 무를 겁니다."

기사……. 그 말은 이들의 가슴을 요동치게 만들었다. 하얀 말을 타고, 은빛 플레이트메일을 입은 채 초원을 달리는 모습.

"저, 저기……."

그때 누군가가 겸연쩍은 듯 머리를 긁적거리며 손을 들

었다.

"저는 그냥 이대로가 좋은디요…… 그냥 봉급 두 배 받고 이대로 있으면 안되남유?"

"물론 선택은 자유입니다."

룬은 그의 이름표를 보았다.

"스티브님 말고 다른 분은 없습니까?"

호박이 넝쿨째 굴러오는 데 그것을 발로 찰 사람은 많지 않다.

다들 고개를 내저었다.

"그럼 스티브님을 제외하고 이곳에 계신 오튼님을 비롯해 스무 명은 리벤지기사단의 단원이 되었습니다. 작위식은 생략하도록 하며 공식 작위증은 차후에 발급될 겁니다. 오늘은 이만 해산하십시오."

병사들을 만난 후 룬은 곧바로 기사들을 만났다. 수십명의 기사가 연무장에 모여 룬을 기다리고 있었다. 베르난도 백작가의 기사단은 수십 명이 고작이라 연무장이 휑해 보였다.

"여러분들을 이렇게 모신 이유는 다들 아시리라 봅니다."

"르넨집사님에게 이미 이야기를 들었습니다."

기사단장 플리에오르가 대답했다.

"룬님께서 오시기 전에 이미 저희들끼리 이야기를 나누었습니다. 결론부터 말씀드리겠습니다. 저희는 기사단을 나가가겠습니다."

연무장을 산책하듯 느리게 맴돌던 룬은 기사단장에게 다가갔다.

"이유가 무엇입니까?"

"그걸 몰라서 물으시는 겁니까?"

"본인의 입으로 직접 듣고 싶군요."

"정 그렇게 서로 얼굴을 붉히길 원한다면 대답하겠습니다. 저희는 무책임한 룬님의 태도를 용납할 수 없기에 기사단을 떠나는 것입니다."

"내 무책임한 태도라……. 그럴싸한 말로 포장을 하시는군요. 차라리 허무하게 죽고 싶지 않다고 말했다면 인간적이기라도 했을 텐데요."

룬은 단장에게서 물러나 기사 모두를 시야에 담았다.

"그럴 만한 군주라면 응당 지옥불이라도 뛰어 들었을 겁니다. 룬님의 행동을 돌이켜 보십시오. 과거에는 갖은 악행과 여자나 희롱하고 다니는 호색한에, 이제는 왕궁의 척살을 받고 도망쳐온 범죄자의 모습을 말입니다."

룬은 왼손을 턱에 대고는 느릿하게 고개를 끄덕였다.

"결국 제 자질의 문제였군요. 그럼 제가 응당 여러분이 섬길만한 군주라는 것을 보여주면 되는 겁니까?"

"그러기에는 이미 너무 늦었습니다."

"늦지 않았습니다."

순간 룬의 몸에서 은은한 기운이 흘러나와 온 사방을 덮쳤다.

"우리는 승리할 것입니다."

"고작 이 인원으로 어떻게 말입니까? 정말 그럴 수 있다고 보십니까?"

단장은 룬을 똑바로 응시했다. 눈에서는 약간의 위협이 감돌았다. 내 눈을 보고도 그렇게 말할 수 있는지 지켜보겠노라 말하는 거 같았다.

룬은 그의 눈을 보며 천천히 또박또박 대답했다.

"그렇습니다."

"흥."

기사단장이 코웃음을 쳤다. 터무니 없는 소리였다. 들을 가치도 없었다.

하지만 그러기에는 너무나 확고한 룬의 눈빛이 마음에 걸렸다.

"제가 하는 것이 아닙니다. 여러분들이 하실 겁니다."

"확실하게 말씀드리겠습니다. 우리에게는 그런 힘이 없습니다."

"지금은 없을지도 모릅니다. 하지만 제가 그렇게 만들어 드릴 겁니다."

진지한 대화중이라 참고 참았지만 기사단장은 결국 웃음을 참지 못했다.

"혹시나 하고 기대한 제가 바보였군요. 저는 그래도 룬님에게 백작님의 피가 조금이라도 남아 있을 줄 알았습니다. 좋습니다. 이렇게 하도록 하죠. 저와 대결을 벌여 이기신다면 룬님의 말을 믿겠습니다. 하지만 반대의 경우에는……"

"여러분들의 뜻에 따르기로 하죠."

기사단장이 조소를 흘리더니 검을 꺼내들었다.

하지만 룬은 멀뚱히 그 모습을 볼뿐 검을 꺼내지 않았다.

"왜? 지금에 와서 겁이라도 나신 겁니까?"

"손으로 충분합니다."

그러자 기사단장이 인상을 찌푸렸다.

"검을 들지 않은 상대를 공격할 수는 없습니다."

"그렇게 기사도를 따지시는 분께서 군주에게 검을 겨누시는 겁니까? 지고 나서 딴 소리 하지 않을 테니 걱정 마십시오."

룬의 말에도 기사단장은 머뭇거리며 공격을 하지 않았다.

"아니군요. 제가 아니라 단장님께서 딴소리를 할 수도 있으니 정식으로 하는편이 좋겠군요."

룬이 검을 꺼냈다. 그러자 기사단장의 기세가 순식간에 달라졌다.

하지만 마음이 걸리는 듯 선뜻 선공을 취하지는 않았다.

하는 수 없이 룬이 먼저 다가가 그에게 다가갔다. 기사단장은 기계적으로 반복해온 동작을 룬을 향해 선보였다.

룬은 기사단장의 공격을 피하거나 막기만 할 뿐 전혀 공격하지 않았다.

기사들은 단장의 압도적인 무위에 룬이 수세에 몰린 것으로 생각했다. 하지만 점차 시간이 지나고, 단장의 입에서 거친 숨소리가 나오는 것에 비해 여전히 건제한 룬을 보며 생각을 점점 달리했다.

룬과 직접 대면하고 있는 기사단장은 어느 순간부터 룬이 의도적으로 공격을 하지 않고 있음을 알 수 있었다. 처음에는 가볍게 제압한 뒤 룬에게 현실적인 조언을 해주고 떠날 생각이었다.

하지만 룬이 노골적으로 피하기만 하자 슬슬 약이 오르기 시작했다.

그래서 저도 모르게 비기를 꺼내들고야 말았다.

허초를 섞어 공격하다 틈이 보이자 오른발을 내밀어 재빠르게 한방을 내질렀다.

찰나의 순간, 이제 끝이다 라는 생각과 아뿔싸 하는 생각이 동시에 들었다.

하지만 검 끝에 느껴지는 것은 아무것도 없었다.

어느새 룬은 왼쪽으로 검을 피한 뒤 단장의 검날을 잡고 있었다.

우둑―

룬이 힘을 주자 단장의 검이 무참하게 박살나 버렸다.

조각이 되어 떨어지는 검날처럼 단장의 자존심도 산산조각이 났다.

"이게 단장님이 보여줄 수 있는 전부인 거 같군요."

"……."

단장은 믿을 수 없는 지 귀신이라도 본 마냥 멍하니 바닥에 떨어진 검 조각을 바라보고 있었다.

"단장님의 검에는 너무 힘이 많이 들어가 있습니다. 그건 반드시 공격에 성공해야 한다는 강박관념에서 나온 것이지요. 그래서 공격에 실패했을 때 다음동작이 수월하게 이어지지 않습니다. 특히 마지막 공격은 조금만 수련된 자라면 응당 피할 수 있는 수준입니다."

룬은 검을 다시 검집에 집어넣었다.

"하지만 단장님께서는 그 한방을 막아내지 못하는 약한자들과만 상대를 해왔거나, 혹은 실전경험이 부족한 겁니다. 힘만 있고 너무 정직한 볼품없는 검술이지요."

룬은 말을 하면서 주위의 기사를 훑어 보았다. 그리고 그 중에서 가장 강해 보이는 자를 지목해 앞으로 나오게 했다.

"이름이 무엇입니까?"

"레이센드입니다."

"좋은 이름이군요. 검을 드십시오."

룬은 일부러 크게 소리를 내어 검을 뽑았다.

"한번 막아 보시겠습니까?"

룬은 레이센드를 향해 공격해 들어갔다. 레이센드는 잘 수련된 기사답게 얼른 검을 꺼내어 룬의 공격을 막아갔다.

그런데 공격을 하는 룬의 모습이 어디서 많이 본 듯 한 것이었다.

그것은 다름 아닌 단장이 방금 보여준 검술이었다.

룬의 움직임은 방금 기사단장과 싸울때만큼 빠르지는 않았다.

하지만 레이센드는 룬의 공세를 간신히 막아내는 정도가 전부였다.

이윽고 룬이 오른발을 내밀며 재빨리 검을 찔렀다.

순간적으로 빨라진 검에 레이센드가 당황했지만 예상된 공격루트였기에 몸을 살짝 틀어 피했다.

그 순간 앞으로 나갔던 룬의 검이 곧바로 왼쪽으로 경로를 바꾸며 회수되었다.

끼이이익-

룬의 검이 레이센드의 갑옷을 베며 기분 나쁜 소리를 냈다.

"만약 이것이 진검이었거나, 오러를 사용했었다면 레이센드님은 이미 죽은 목숨일 겁니다."

룬은 다시 단장의 앞으로가, 그러면서 모두에게 말하듯 입을 열었다.

"보셨습니까? 단장님은 공격을 할 때 상체를 너무 뒤로 빼시는 경향이 있습니다. 이는 공격에 실패했을 때 반격이 두렵기 때문입니다. 그렇기에 더더욱 한 번의 공격으로 끝을 보려 하는 것이지요. 허나 상체를 빼기보다는 한발자국 더 앞으로 나가면 오히려 상대방이 반격하기는 쉽지 않습니다."

레이센드는 저도 모르게 룬의 말을 들으며 고개를 끄덕이고 있었다.

룬이 방금 보여준 움직임은 분명 기사단장의 것이었다. 그런데 고작 한발 더 앞으로 내딛는 것만으로 느껴지는 중압감은 천지차이였다.

"제가 어떻게 여러분들을 강하게 만들지 말해 달라고 하셨습니까? 이제 그 대답이 되었는지요?"

"……"

대답을 하는 자는 아무도 없었다.

아무리 변방의 곳에서 수련을 게을리 했다하더라도 기사는 기사였다.

보는 눈 조차 없는 것은 아니었다.

"그럼 기사단을 나가신다는 말은 없었던 것으로 알고 저는 이만 가보겠습니다. 내일부터는 여러분들을 강하게 만들어줄 본격적인 수련이 시작 될 겁니다."

터벅터벅--

연무장은 조용했고 룬의 발걸음 소리만 들릴 뿐이었다. 마침내 발소리가 걷히자 누군가가 단장에게 다가갔다.

"이제 어떻게 하실 겁니까?"

"여태까지 다 봐놓고 뭘 묻나?"

기사가 어리둥절하며 레이센드를 보았다.

"어차피 이대로 기사단을 나가면 우리는 웃음거리만 될 뿐입니다. 신의를 저버린 기사. 죽음을 두려워한 기사. 아무도 우리를 받아주지 않을 겁니다. 군신의 관계를 중요시하는 현 왕실의 분위기를 봐서는 법으로 다스려질 지도 모르는 일이지요. 그렇다면 차라리 일말의 희망이라도 이곳에 걸어보고 싶군요. 혹시 압니까. 설령 백작가가 함락당하더라도 기개 있는 기사의 공로를 인정받아 목숨을 부지할 수 있을지."

마지막 말은 웃자고 한 이야기였으나 아무도 웃는 사람은 없었다.

하지만 그들의 눈에서는 이제까지 없던 결의 같은 것이 비춰졌다.

❖

　기사들을 만나고 거처로 돌아오는 길에 룬은 르넨을 만
났다.

　"어쩌자고 그나마 남아 있던 병사들까지 모두 보내버리
신 겁니까?"

　"싸울 의지가 없는 병사들은 격전이 벌어 졌을 때 방해
만 될 뿐입니다."

　"아무리 그렇다고 하더라도, 수백 명이나 되는 병사를
그렇게 일시에 퇴역시켜 버리시면……."

　중간에 룬이 말을 끊었다.

　"일반병사들의 역할은 용병으로 충당할 겁니다. 중요한
건 전시 때 하나하나가 모두 일당백의 역할을 할 수 있는
훈련된 기사들입니다."

　"대체 그 기사들을 어디서 구한단 말입니까?"

　"이미 이곳에 있습니다. 토르기사단, 그리고 새롭게 창설
한 리벤지기사단. 그들이 모두 일당백의 용사가 될 겁니다."

　"……."

　"그보다 성 밖에도 무리를 지어 생활하는 영지민들이
많다고 알고 있습니다."

　"그렇습니다만 성내는 이미 사람들로 가득 차 더 이상
들여보내 줄 수가 없습니다."

"그럼 만약 적들이 쳐들어와도 안전 할 수 있는 장소를 마련해 두어야겠군요. 기왕이면 성에서 조금 멀리 떨어진 숲속이 좋겠군요."

"그렇게 되면 농지나 밭은 모두 포기해야 합니다."

"생존이 우선이지 않겠습니까?"

"또한 재산을 추적하기는 더더욱 어려워질 겁니다. 그렇게 되면……."

"공납이 조금 준다고 그들을 사지로 내몰란 말씀이십니까?"

"그럴리가요. 오늘이라도 당장 그들이 지낼만한 곳을 수색해 보겠습니다."

대답을 하는 르넨의 얼굴에는 조금의 미소가 걸려 있었다.

"흐음…… 저는 우선 용병들을 알아보러 가야겠습니다. 그리고 형님께서 오시거든 당장 가용할 수 있는 돈이 얼마나 되는지 알아봐 달라고 하십시오."

"알겠습니다."

룬이 용병을 구하려 용병길드로 가려고 하는 데 누군가 찾아왔다는 보고를 받았다.

룬은 영접실로 자리를 옮겼다.

"바르테오님?"

"생각보다 그렇게 분주하지는 않아 보이는군."

"이곳엔 어쩐 일이십니까?"

"자네에게 소개시켜줄 사람이 있네."

바르테오가 옆에 있던 거한을 향해 손바닥을 펼쳤다.

룬은 그의 모습이 어딘지 낯이 익다고 생각했다.

"오랜만이로군."

"혹시……."

"맞네. 그때 그 여관에서 봤던 그 거구의 사내일세. 다
들 나를 그렇게 기억하곤 하지. 하지만 간혹 나를 아는 사
람들은 명왕이라는 거창한 호칭으로 부르기도 한다네."

명왕 에드워드. 용병왕 에드워드. 모두 그를 지칭하는
말이었다.

룬은 조금 놀란 얼굴로 바르테오와 에드워드를 번갈아
가면서 바라보았다.

제국을 상대하려는 만큼 네 명의 제자 외에도 바르테오
의 세력이 꽤 될 것이라고는 짐작하였다. 그걸 감안하더라
도 에드워드의 존재는 실로 놀라운 것이었다.

"얘기를 들어보니 내가 필요할 것 같아서 말이야. 비록
일선에는 물러났지만 아직 나를 따르는 용병들이 많거든.
어떤가, 대가만 충분히 지불해 준다면 의뢰를 받아들일 의
향은 있는데."

"자칫 잘못하다가는 에드워드님까지 표적이 될 수도 있
습니다."

"하하하–. 지금 나를 걱정하는 건가? 아니면 돈이 부족해서 그러는가. 그거라면 걱정 말게. 조금의 에누리는 가능하니 말이야."

에드워는 자신의 농담이 마음에 드는 지 호탕하게 웃었다. 그러나 룬의 얼굴은 굳어져 있었다.

"지금 농담이 나오나?"

"농담이라니. 용병에게 돈을 생명과 같은 것이야. 그 생명을 깎아 준다는 데 어찌 농담이겠나."

"미스릴광산을 개광하여 재정이 넉넉하기는 한 상태이지만 명왕님의 용병을 고용할 만큼 충분하지는 못할 거 같습니다."

"명왕은 이 사람아. 그냥 말하기 좋아하는 호사가들이 붙인 말일세. 껄껄."

에드워드는 명왕이라는 호칭이 싫지 않은 듯 호탕하게 웃었다.

"뭐, 돈이 부족하다면 다른 것으로 충당해도 되네."

"다른 것이라 하면……?"

"자네는 어떤가?"

"……."

"우리에게 힘이 되어 주게. 그럼 우리도 자네에게 힘이 되어 주겠네."

"바르테오님과 저는 분명 같은 이해관계를 가지고 있습

니다. 하지만 이를 행하는 방법은 다릅니다. 저는 저대로의 방법이 있습니다."

"그냥 거절을 하면 될 것을 돌려서 말을 하는군. 내가 말한 마디만 하면 자네에게 고용될 용병은 한명도 없을 것이네. 그래도 거절하겠나."

"죄송합니다."

"이런, 생각보다 고집불통이군. 알았네, 알았어."

에드워드는 화가 난 듯 자리를 박차고 일어났다. 바르테오는 그를 따라가지가 않고 룬에게 남았다.

"자네가 마음에 든 모양이네. 걱정 말게. 사실 처음부터 자네를 돕기 위해 온 것이니. 하여튼 저놈의 성격머리하고는."

바르테오가 자리에서 일어났다.

"그리고 명심하게. 혼자서는 결국 얼마 버티지 못할 거야. 부디 늦지 않기를 바라네."

❖

"실패했다?"

바르타인 공작의 오른쪽 눈이 반짝 빛났다.

"그자의 실력이 그토록 뛰어나단 말인가?"

"예. 특이한 점이 있다면 검과 마법을 동시에 사용한다고합니다."

"검과 마법을?"

바르타인 공작의 눈에 이채가 서렸다.

"자네는 검과 마법을 동시에 사용하는 사람을 본적이 있는가?"

"없습니다. 검과 마법은 서로 공존할 수 없는 것이니까요."

"그렇네. 나 또한 그와 같은 이유 때문에 검과 마법을 동시에 사용하는 자는 본적이 없지. 하지만 기록에 의하면 그런 사람이 한 명 있기는 있었네."

"그게 누구입니까?"

"바르텐대제."

순간 바르타인 공작의 얼굴에 이채가 서렸다.

〈4권에서 계속〉